Partout les autres

Du même auteur

La Patience des buffles sous la pluie
prix Découverte de la Fondation Prince Pierre de Monaco
Bernard Pascuito éditeur, 2009
Le Livre de Poche n° 31716
« Bibliothèque de l'Olivier », 2022

Un silence de clairière
prix Orange du Livre
prix Louis Barthou de l'Académie française
Albin Michel, 2011

Je n'ai pas fini de regarder le monde
Albin Michel, 2012

On ne va pas se raconter d'histoires
Stock, 2014

Hortensias
Stock, 2015

Le poids du monde est amour
Anne Carrière, 2018
J'ai lu n° 12350

Un homme à sa fenêtre
Anne Carrière, 2019

Seul entouré de chiens qui mordent
prix de la Nouvelle de l'Académie française
Éditions de l'Olivier, 2021
Points, 2023

DAVID THOMAS

Partout les autres

ÉDITIONS DE L'OLIVIER

ISBN 978.2.8236.2013.9

« En ville, c'est toi qui fais la loi. Ici, c'est moi. »

John Rambo

Reine d'Égypte

Ma chérie,

Aujourd'hui j'ai passé la journée dehors à marcher dans les rues et à picoler avec des gens qui avaient des avis sur la politique du gouvernement et sur ce qui fait grésiller le monde. J'ai vu une clocharde chier sur le trottoir, un type en cravate courir après un bus, des touristes en sueur m'ont demandé le chemin du Moulin-Rouge et j'ai ramassé un billet de cinquante euros par terre. Si ça se trouve, tout ça est un signe. Enfin bref, il en est ressorti qu'il était temps que l'on se quitte. Du coup je ne reviendrai pas ce soir, ni demain, quant à après-demain je ne sais pas où je serai. Je te laisse tout, mes calecifs usés, ma pipe à eau, mon coupe-ongles, mes tickets de Rapido, ma photo de Michel Simon et mon odeur de bon à rien. Jette tout, il est inutile de garder les choses, elles racontent souvent des histoires incomplètes. J'ai bien aimé être avec toi, tu es une fille formidable. Tu as la chatte plus fleurie que le jardin Ephrussi de Rothschild et ta conversation est aussi agréable que la première bière du soir par temps de canicule. Tu as su me dire des choses que même mes livres préférés ne m'ont pas dites et je voudrais pour l'éternité regarder avec toi les films de Cassavetes, une bouteille de gewurztraminer à nos pieds nus. J'ai été heureux avec toi mais j'ai très peur de finir par m'emmerder parce que je m'emmerde avec tout le monde, donc il n'y a pas de raison, même exceptionnelle, que ce ne soit pas le cas avec toi. C'est pas ta faute, je ne sais pas rester avec une femme. D'habitude, avec une lâcheté toute cohérente pour le parasite que je suis, je m'arrange pour me faire quitter, je deviens bordélique, plus paresseux encore que je ne le suis et rien-à-foutriste, ou je me saoule comme on pousse un cheval de course au-delà de ses limites, et je vomis sur ses souliers vernis mais avec toi je n'ai pas envie de ça parce que même tes orteils méritent le respect. Je te quitte parce que j'ai encore très envie de me baigner avec toi dans un onsen ou de te voir sortir de chez toi avec un livre de Yeats dans ton sac. Je ne connais pas de femme sur la Terre qui sorte si légèrement de chez elle avec un livre de Yeats dans son sac. Toutes celles que j'ai vues faire ça avant toi, c'est-à-dire aucune, le faisaient avec moins de grâce que toi. Je te quitte parce que là, j'ai encore les poches pleines et que, si je reste, je sais qu'elles vont se vider. En amour, le temps vide toutes les poches de leurs rêves. En amour, les poches sont toujours trouées. Il faut aimer s'emmerder à deux pour affirmer le contraire, et je ne sais que m'emmerder tout seul. Pour ça, oui, je suis le champion du monde. Là, pour moi, tu es une reine d'Égypte, mais si je reste, tu vas devenir une compagne, ce serait gâcher. Alors que si je pars, tu seras celle qui éloignera les chauves-souris de mes jours sombres. Après toi, toutes les femmes que je rencontrerai ne seront que des bières sans alcool, mais c'est pas grave. J'aurai déjà eu le meilleur.

Réflexe

Chaque fois que je marche avec mon petit garçon, comme un réflexe, sa main vient se lover dans la mienne. Quels que soient nos humeurs, nos contrariétés, le temps qu'il fait au-dessus de nos têtes ou en nous, nous avançons ainsi côte à côte, mains enlacées. Ce geste discret est le plus grand bonheur de ma vie. Un jour, il ne le fera plus.

Nouveau genre littéraire

Je ne suis peut-être pas le meilleur écrivain de ma génération mais ce qui est sûr c'est que j'ai inventé un genre. Depuis vingt ans que je publie, mes livres se sont installés pour se faire une place unique dans le paysage littéraire français. Et ce, grâce au travail acharné du directeur commercial de ma maison d'édition, qui, quand j'y suis arrivé il y a dix ans, a flairé le bon coup. C'est pas chez les libraires qu'il a envoyé les représentants, c'est chez les coiffeurs, les dentistes et les généralistes. Pratiquement tous ces professionnels possèdent maintenant, dans leurs salles d'attente, au moins un exemplaire d'un de mes livres. Du coup, aujourd'hui, tout le monde a constaté une modification de l'évaluation du temps passé à patienter dans ces antichambres.

– J'ai un dentiste il est très bien, Abkazian, il s'appelle, tu le connais ? Chez lui on n'attend jamais plus de deux ou trois textes.

– T'as du bol, chez mon nouveau généraliste j'ai dû poireauter dix-sept textes.

– Dix-sept, c'est abuser. D'autant que ça dépend du recueil. Au début les textes dépassaient rarement une demi-page, maintenant je sais pas il doit se prendre pour Proust, ça peut aller jusqu'à trois pages. Dix-sept textes de trois pages, il se fout de la gueule du monde ton médecin, tu devrais changer de généraliste.

La tête sur le billot

Il aura fallu que j'attende cinquante-cinq ans pour qu'un coq me fasse comprendre tout le sens de la vie. J'habite dans un village, faire ses courses prend toujours plus de temps que quand je vivais en ville. On papote, on prend des nouvelles, c'est pas seulement pour remplir son panier qu'on va chez les commerçants, c'est aussi pour prendre l'air, voir du monde. La semaine dernière je suis passé chez Laurent, le boucher. Un type tellement doux, gentil et prévenant qu'on se demande comment un gars pareil peut égorger des agneaux, dépecer des cochons ou évider des poulets. Quand je suis entré dans sa boutique il caressait un coq magnifique. Un australien aux plumes aussi bariolées qu'un perroquet d'Amazonie, j'avais jamais vu un gallinacé aussi flamboyant. Il est beau ton coq, j'ai dit.

– C'est pas le mien, c'est celui d'Angèle. Elle me l'a apporté parce qu'elle en veut plus. Je vais lui faire son affaire et puis… je vais le vendre. Il fait pas loin de six kilos. Viens, tu vas m'aider.

J'ai contourné le comptoir et je l'ai suivi jusqu'au petit jardin derrière la boutique. Sous la remise il y avait un billot et quelques ustensiles sur l'établi.

– Passe-moi la feuille, là, il a dit.

J'ai attrapé la lame et je la lui ai tendue. Il a couché l'animal sur le rondin de bois en me demandant de lui tenir les pattes. Et là, je sais pas ce qui m'a pris, peut-être que c'est le contact qui a provoqué une espèce d'instinct compassionnel mais je lui ai demandé de me le passer un instant. Il l'a posé sur mon avant-bras comme on le ferait avec un nourrisson et le coq a blotti sa tête à la pliure de mon coude. Il y avait de la résignation, de l'abandon dans le comportement de la bête. Quelque chose qui exprimait une parfaite compréhension de la situation. J'ai caressé son plumage rayonnant, il était calme, apaisé, comme sans doute tout un chacun rêverait d'être juste avant la fin.

– Je te le prends, j'ai dit. Je le garde.

Laurent a jeté sa feuille de boucher sur l'établi avec un sourire en coin et un regard approbateur. Je le connais Laurent, et je sais bien que ça l'arrangeait de pas avoir à faire une saleté pareille. Ensuite je suis rentré avec mon nouveau copain. Arrivé chez moi je suis allé le présenter à la vingtaine de poules dans l'enclos de six cents mètres carrés que j'avais construit derrière la maison. Je l'ai posé au sol et les filles sont immédiatement venues le saluer. Il donnait des petits coups de tête à droite à gauche en avançant précautionneusement au milieu de ce qui allait être son nouveau harem, à tour de rôle elles s'approchaient de lui comme pour se présenter. Ce manège a duré cinq ou dix minutes, ça se jaugeait, ça se reniflait puis il s'est ébroué les ailes pour éloigner les dames, leur signifiant qu'il était temps de lui foutre la paix. Ensuite il a tendu la tête vers le ciel et poussé un chant puissant qui ressemblait plus à cook-a-doodle-do qu'à cocorico mais ça c'est parce qu'il était australien.

Un quart d'heure plus tôt cet animal était au seuil de la mort, et en moins de temps qu'il n'en faut pour ouvrir une porte de boucherie, son destin avait basculé. Maintenant, il allait finir ses jours en sécurité, logé, nourri et entouré d'une vingtaine de poules. Une fin de vie dont rêverait tout homme. Il suffit d'un rien pour que tout bascule.

Déversoir

On se connaît depuis le lycée. Le jour où je l'ai vu entrer dans la classe j'ai senti qu'il allait se passer quelque chose entre ce garçon et moi. Il ne nous fallut pas plus de dix jours pour devenir les meilleurs amis du monde et le rester pendant trente-cinq ans. Nous avons été les témoins, l'un pour l'autre, des grandes étapes de nos vies autant que de ces insignifiances qui les rendent singulières. Une vie chanceuse et facile pour moi, injuste et cruelle pour lui. Il y a dix ans, il a perdu son unique enfant. Que sa femme et lui avaient mis des années à avoir. Sa douleur fut telle que j'ai cru, pendant quelques mois, qu'il allait basculer dans la folie. Mais la lumière est peu à peu revenue dans cette cave au fond de laquelle il semblait condamné. Il n'a jamais repris de vie normale mais est parvenu à simplement continuer à vivre. Puis ce fut l'accident de voiture, il y a trois ans. À la douleur psychologique s'est ajoutée la douleur physique. Son dos, en raison d'un déplacement de vertèbres et de nombreuses opérations, lui cause de permanentes névralgies. Pendant presque trente ans, nous nous sommes téléphoné deux ou trois fois par semaine. Évidemment, ces deux événements l'ont éloigné de l'homme qu'il avait été avant les drames. Et, immergé dans mon déni, je ne voulais pas voir qu'il s'était quitté et que je l'avais perdu.

Depuis quelque temps, je me suis vu espacer ces appels. Avant, nous conversions au téléphone, mais maintenant c'est autre chose. C'est surtout lui qui parle, tâchant de nommer avec une précision toujours plus nuancée ce qui le hante, le torture, l'enferme dans la position de celui qui souffre. J'ai toujours prêté mon oreille et mon attention pour l'aider à se délester de sa souffrance. J'ai été celui qui essayait de trouver les mots apaisants, ceux qui permettent de tenir encore un peu jusqu'au prochain effondrement. Sa femme et sa famille m'en ont été reconnaissantes. C'est très gratifiant d'avoir ce rôle mais ce rôle a peu à peu glissé de l'ami avec qui on partage tout, les joies autant que les peines, au confident sur lequel on se déverse comme un estomac touché d'un mal chronique se débarrasse après chaque repas de ce qui le trouble. Ce rôle, évidemment, conforte mon image d'ami solide sur lequel on peut s'appuyer, qui, quoi qu'il arrive, ne vous laissera pas tomber, répond au serment tacite de deux frères de ne jamais s'abandonner, de se porter sur le dos, s'il le faut, jusqu'à la mort. Pour ses proches, il est le soldat blessé et je suis le soldat héroïque. Mais en fait, on ne se parle plus, je l'écoute. Enfin, croit-il. Car depuis peu je n'y parviens plus. Bavards et aveuglés comme peuvent l'être ceux qui sont cernés par leur affliction, nos échanges sont devenus invariablement les mêmes, et donc vains. Vains puisque, s'ils le soulagent, nous n'avons vu, ni lui ni moi, que petit à petit ils m'avaient submergé. Ce matin, après avoir raccroché, alors que tout dans ma vie va pour le mieux, j'ai éprouvé cette espèce d'abattement de celui qui prend conscience qu'il ne pourra pas aller plus loin. Que le fardeau est trop lourd pour le héros. Avec l'implacable sentiment de perdre mon meilleur ami sans quoi c'est moi qui allais me perdre.

Stage d'ennui

Il y a cinq ans j'ai traversé une mauvaise passe. Il fallait que je trouve de l'argent, vite. Comme on vit à une époque où tout le monde se fait coacher pour tout et n'importe quoi, je me suis alors dit que je pourrais moi aussi proposer mes compétences. Et là où je suis le plus fort c'est pour m'emmerder. L'ennui, c'est mon truc, je connais ça sur le bout des orteils. Je me suis dit que les gens ne savaient plus s'ennuyer et que ça devenait un vrai problème de civilisation. J'ai quand même potassé ma discipline pour faire sérieux, je suis allé chercher dans la littérature ceux qui ont écrit là-dessus, j'ai consulté des ouvrages de psychologie, fouillé les enseignements du zen, je suis allé voir chez les Grecs, les Anciens et dans la sagesse africaine. J'ai tout noté et appris par cœur. La meilleure punchline de mon petit topo pour attirer le client, c'est chez Unamuno que je l'ai dénichée : « L'ennui fait le fond de la vie, c'est l'ennui qui a inventé les jeux, les distractions, les romans et l'amour. » On ne peut pas mieux dire. J'ai mis mon annonce sur les réseaux sociaux et sur quelques sites de développement personnel, et aussi dingue que cela puisse paraître, en trois jours j'avais quinze inscriptions. Le stage durait tout un week-end, j'avais choisi un gîte pas loin de la Côte d'Opale, entre la baie de Somme et Berck, un peu à l'intérieur des terres. Il fallait un environnement assez uniforme, sans trop de relief, et je comptais beaucoup sur la météo, bien couvert avec un très léger crachin sans personnalité. Pour le samedi matin, un éleveur m'avait prêté son pré. Je les ai installés assis par terre dans l'herbe fraîche devant un troupeau de holsteins de 9 heures à midi sans autorisation de se parler, évidemment. La mastication bovine pendant trois heures est une bonne entrée en matière. Pour le déjeuner j'ai demandé un menu assez light, céleri rémoulade, gratin de courgettes et une compote en dessert. Il fallait surtout pas que ce soit trop festif, peu de sucs, peu de mâche. L'après-midi, nous l'avons passée dans les dunes, devant la marée basse. Pareil que le matin, à une quinzaine de mètres les uns des autres, sans avoir le droit de se parler. Je passais les voir un à un pour les aider à vivre en profondeur ce moment censé les reconnecter avec leur vie intérieure. Pour la plupart ça marchait bien, je sentais qu'ils en manquaient singulièrement, ils soupiraient, ils se levaient, faisaient trois pas sans sortir du périmètre que j'avais déterminé, se rasseyaient.

– Ça va, tout se passe bien ? je demandais en chuchotant.

– On peut vraiment pas se parler un peu, même cinq minutes ?

– Surtout pas, il faut que tu descendes au plus profond de l'emmerdement.

– Oui mais j'y suis déjà, là.

– T'inquiète pas, ça va aller. Courage.

– Y a un break prévu pour le goûter ?

– Non, rien.

Le soir, je les ai mis devant le feu, en silence, après une soupe de légumes et une deuxième compote. Pas d'alcool, évidemment, que de l'Hépar, une eau bien plate. Je leur ai seulement proposé quatre tasses de café très fort. Et chacun dans sa chambre à 22 heures, sans livre, sans journaux, sans téléphone ni ordinateur. L'idée, c'était qu'ils aient du mal à trouver le sommeil, que la nuit soit interminable.

Le dimanche matin je les ai installés devant une captation d'une pièce mise en scène par Claude Régy, plan fixe d'un acteur statique, seul sur un plateau nu, qui dit un texte extrêmement lentement. Dieu merci, je n'avais aucun fan de théâtre parmi les participants, parce qu'avec Régy c'est quitte ou double, c'est du théâtre tellement dense que ça peut parler. Là, j'ai senti qu'ils avaient atteint leurs limites. Pour le déjeuner j'ai pris soin que ce soit le même menu que la veille, rien qui puisse créer une surprise. Puis l'après-midi, retour à la normale en douceur, avec lecture de notices de médicaments par chacun d'entre eux. Le truc bien chiant mais qui nécessite tout de même une certaine participation.

Quand on s'est dit au revoir ils étaient ravis, volubiles, très excités de rentrer chez eux. Je crois sincèrement qu'aucun ne s'était autant emmerdé de sa vie. Dans les jours qui ont suivi j'ai reçu plein de remerciements, certains avaient passé des nuits sexuelles torrides, d'autres pris la cuite de leur vie le dimanche soir, il y en a un qui a même rejoint, alors que cela ne lui serait jamais venu à l'esprit, une fin de manif de Gilets jaunes, pour montrer son cul aux CRS, comme ça, histoire de combler le temps sur le chemin du retour. Il s'est fait gazer, tabasser, traîner par terre, il était enchanté.

Google

Ce matin, je ne sais pas pourquoi, j'ai voulu me googler. J'ai tapé mon nom et j'ai regardé ce qui sortait. La première occurrence était une aide ménagère d'Épinal qui s'était inscrite sur LinkedIn. La deuxième était un avis de décès datant du 23 mars 2021. La troisième, un compte Facebook qui avait, j'ai fait le calcul, vingt-sept fois plus d'amis que moi. Ensuite, sur la fenêtre Images de Nathalie Charpentier il y avait des photos de plein de Nathalie Charpentier mais aucune à qui j'aurais aimé ressembler. On y voyait aussi des clichés de Carole Bouquet, je vois pas le rapport. Plus bas j'ai vu un compte Instagram d'une espèce de poupée irréelle scalpelisée de partout, je suis allée voir sur sa page il y avait 19,7 K abonnés quand moi j'en ai 58. Une Nathalie Charpentier de La Flèche sur societe.com. Une autre sur copainsdavant.com. Encore une autre qui faisait de la peinture sur bois flotté à Noirmoutier. Mais rien sur moi. C'était pas une bonne idée de faire ça.

Une cinquantaine de vies superposées

Hier je suis retourné dans la petite ville où j'ai passé mon enfance et mon adolescence. J'y suis resté jusqu'à dix-neuf ans, en 1990. Je m'en souviens bien parce qu'à la télé ils passaient en boucle des images de la guerre du Golfe entre les États-Unis et l'Irak. Mes parents possédaient une maison en rocaille entourée d'un jardin entretenu sous les branches protectrices de deux grands cèdres. Ma sœur, mes parents et moi avons été heureux ici. C'est à cette maison, à ce quartier et à cette ville que je dois les souvenirs qui vous façonnent, qui vous modèlent. Impossible de comprendre qui je suis sans avoir vu ce décor. En 1998, quand ils ont pris leur retraite, mes parents ont vendu la maison pour s'installer près de Nice. C'est souvent comme ça, les gens ont deux maisons dans une vie, une pour élever les enfants et une autre pour vieillir. Nous possédons évidemment beaucoup de photos et de vidéos de cet endroit mais je n'y étais pas retourné depuis la vente. J'ai profité de ce séminaire pour faire un détour par le 47 rue du Chemin creux. La maison avait été rasée pour laisser place à un immeuble prétentieux composé de niveaux décalés, de terrasses arborées, conçu pour les CSP+ connectées. Une cinquantaine de personnes devaient bien vivre ici maintenant. Une cinquantaine de vies superposées sur la mienne. Une cinquantaine de vies qui écrasaient la mienne.

Des bonbonnes d'air pur

Le business, j'ai ça dans le sang. J'ai le nez pour les bonnes affaires, je suis capable de vendre de la neige à un Inuit. La voiture électrique, ça fait trente ans que je l'avais vue venir, je ne me suis pas lancé dedans parce que j'avais pas les fonds mais en 1991 j'en parlais déjà. *Idem* pour les smartphones, les sex-toys féminins, la restauration à domicile, tout ça je l'avais prévu. Le truc sur lequel je suis en ce moment c'est la vente d'air pur de haute montagne. Quatre-vingts euros pour une bonbonne qui renouvelle intégralement l'air de votre appartement de cent mètres carrés pendant trois jours. Il faut juste vivre fenêtres fermées soixante-douze heures. Je propose même une variante parfumée à l'edelweiss qui marche du feu de Dieu. Qui connaît le parfum de l'edelweiss, franchement ? Dans les grandes agglomérations mes commerciaux ne débandent plus. Le carnet de commandes est plein pour deux mois, j'ai ouvert huit succursales en un trimestre et j'embauche au moins dix gars par semaine. Le truc avec ce genre d'affaires c'est qu'il faut savoir s'arrêter juste avant la prise de conscience de l'arnaque, tout se joue là. J'ai encore un peu de marge. De toute façon je sais déjà ce que je mettrai sur le marché après, de l'eau de source provenant du nord de la Finlande, l'endroit le moins pollué de la planète. Mais pas qu'à boire, pour se laver aussi, vendue en containers de cent litres. J'ai déjà un copain dermatologue radié qui travaille à me trouver tous les arguments de bénéfices pour la peau. De l'eau de source bio, évidemment.

Larme d'Apache

J'avais dîné la veille à Las Vegas dans une espèce de cantine pour pauvres qui servait un ragoût suspect à deux billets l'assiette. À côté de moi, les visages abattus témoignaient de la perte des derniers dollars. Un homme vêtu d'un vieux sweat avait sorti de sa poche une poignée de pièces qu'il avait posées sur le comptoir. Après les avoir fait glisser une à une sous son doigt il se tourna vers moi pour me demander si je n'avais pas vingt-sept *cents*. C'est ce qui me manque pour payer mon repas, me dit-il dans un soupir édenté. J'étais déjà venu dans cette cité maudite, et je savais les ravages qu'elle pouvait causer. Ici, beaucoup de destins finissent dans une impasse. Je ne connaissais aucun endroit au monde qui concentrait autant de désillusion et de tristesse.

J'étais parti en milieu de matinée et roulais la vitesse bloquée à 72 mph pour éviter de me laisser prendre par le dépassement autorisé. Quand la route est si droite, si monotone, il est pratiquement impossible de maintenir son allure sans aller trop vite. Le paysage était si vaste qu'il mettait du temps à changer. J'ai allumé la radio, je ne suis tombé que sur des stations où des auditeurs racontaient leur vie ou sur des musiques qui m'emmerdaient. Le faux plat donnait le sentiment qu'il fallait trois jours pour atteindre l'horizon, et puis sans s'en rendre compte on arrivait en haut d'une colline et une nouvelle étendue infinie apparaissait devant le pare-brise.

Deux jours plus tôt j'étais parti comme un voleur, le restaurant étant à son nom, et ayant pris soin de vider le compte commun sur un nouveau compte ouvert dans une autre banque. Ni vu ni connu, adieu poulette, c'en était terminé des humiliations, des tromperies et d'être à la fois le loufiat, le régulier et le souffre-douleur de la patronne. Cinq ans que je supportais les avilissements, les sautes d'humeur et les cornes. C'est plus fort que moi, elle disait, toi t'es mon homme, t'es ma vie, eux c'est du divertissement, c'est juste des petites fêtes d'un soir. Il était temps de mettre un terme à la fête.

C'est marrant, je me disais en roulant dans ce désert, comme c'est une fois parti que l'on comprend combien c'était vital de rompre. Jusqu'au départ, on est dans le noir, on ne voit pas à deux mètres alors que la lumière est à un petit déclic de volonté. J'ai essayé de déterminer depuis quand je n'aimais plus Jerry, mais j'ai été incapable de mettre un curseur dans le temps. Tomber amoureux, c'est assez clair, assez net, y a vraiment un avant et un après, mais ne plus aimer c'est flou, ça s'étire comme quelque chose qui ne veut pas céder. Une minute avant mon départ je n'étais certain de rien, mais là, plus je m'éloignais et plus ça se clarifiait.

J'étais dans mes pensées quand mon téléphone a sonné. Sur l'écran son nom s'est inscrit. J'ai préféré la laisser enregistrer son message plutôt que lui parler tout de suite. Elle m'avait appelé cinq ou six fois depuis mon départ et raccroché à chaque fois. J'ai posé le portable sur la place du passager et au bout de deux minutes le téléphone a émis une courte sonnerie. J'ai garé la voiture sur le bas-côté et j'ai consulté ma messagerie. Au début je n'entendais que des pleurs. Et puis, après un temps qui me parut très long, ces mots : comment tu as pu me faire ça ? Ce n'était pas la hyène à laquelle je m'attendais qui s'adressait à moi mais la petite fille perdue et abandonnée qu'elle avait été. Trente ans auparavant, son père avait fui du jour au lendemain exactement comme moi, en vidant le compte commun de la famille, me rappelait-elle. Inconsciemment, j'avais oublié cet événement. Inconsciemment, j'avais fait exprès d'oublier cet événement qui était le nœud le plus douloureux de sa névrose et de son rapport aux hommes. De toute évidence, j'avais voulu faire mal, très mal. Je suis sorti du véhicule et j'ai marché quelques instants dans la poussière pour tenter de comprendre le sens de cet énorme acte manqué. Des buissons roulaient sur le sable, poussés par un vent intermittent. Au loin, les monolithes de grès rouge, si propres à cette région, meublaient cette infinie étendue désertique comme pour ne pas trop désespérer du vide. Ce n'était pas tant la douleur que je lui avais infligée qui m'interrogeait que ce qui m'avait poussé à agir ainsi. J'avais donc souffert à ce point pendant cinq ans pour vouloir lui rendre un coup aussi fort ? Je m'en voulus, aussitôt, de m'être laissé envahir par mes émotions plutôt que de convoquer la raison. Un tout petit peu de raison. Victime d'une chienne, j'étais moi aussi devenu un chien. J'ai allumé une cigarette en baissant la tête pour laisser ces pensées s'envoler avec les volutes. Mes bottes étaient recouvertes d'une fine pellicule de sable jaune. Je les ai lissées une à une sur mes mollets pour leur rendre leur éclat. Ces bottes que j'aimais tant, des Hollywood Riff Raff signées Pascal Davayat, et qu'elle honnissait : « T'as pas encore compris que t'as l'air d'un plouc avec ça aux pieds ? » Quand ce que je portais était aussi précieux et raffiné qu'une montre Cartier. Combien de fois s'était-elle foutue de moi, s'appuyant sur l'hilarité de tous ces connards de clients qui ne rêvaient que de la sauter ou, pour les plus chanceux, de recommencer ? Et moi, derrière mon comptoir, mon torchon sur l'épaule, maugréant mollement que j'assumais parfaitement d'être chaussé par le bottier de Lemmy Kilmister, tout en épongeant mon bar pour me donner une contenance. C'est sa faute, me dis-je en écrasant mon mégot, si elle ne s'était pas autant essuyé les pieds sur moi je ne serais pas devenu un sale type. J'ai repris le volant sans pitié, assumant le salaud que j'étais devenu, et décidé à ne pas rappeler.

Ça faisait deux bonnes heures que j'avais passé Saint George sans traverser ni ville ni village. J'aurais aimé boire une bière fraîche et me défroisser le dos. J'avais fini par me résoudre à ne rien trouver avant Kanab quand j'ai aperçu un petit point à l'horizon. Il m'a fallu parcourir plusieurs kilomètres pour distinguer un parasol sur le bord de la route. Ma stupéfaction grandissait au fur et à mesure que j'approchais. Là, en plein désert, il y avait un gars assis sur une chaise pliante devant une table en Formica. J'ai ralenti et me suis arrêté à sa hauteur. Mais qu'est-ce que foutait un Asiatique sur une route de l'Utah, par trente-cinq degrés à l'ombre ?

– Bonjour.

– Bonjour.

Je trouvais sa présence tellement incongrue que j'hésitais presque à m'approcher. Il se leva en me souriant. Devant lui, sur la table, une vingtaine de pierres noires étaient exposées dans un alignement précis.

– Qu'est-ce que vous faites là ? j'ai demandé.

– Je vends des larmes d'Apache. *They are good for skin, pain, kidney*... Dix dollars.

– Mais... pourquoi ici ?

– *It's quiet, good for the stones, good for the stones.*

– Mais vous trouvez des clients ?

– Oui oui. Ma femme me dépose à 9 heures le matin, elle vient me chercher le soir vers 19 heures. *Good place to sell, good place to sell.*

L'homme était petit, mince, portait un chapeau d'explorateur attaché sous le menton et un T-shirt blanc imprimé du visage d'Einstein tirant la langue. À ses côtés, une glacière bleue et un énorme ghetto-blaster qui crachait un rap dans une langue qui ne me disait rien du tout. Il a baissé le son.

– C'est quoi ces pierres ?

– Ce sont des pierres obsidiennes, elles sont recommandées pour éloigner les pensées négatives, la rancœur…

– Ah…

– Une pour dix dollars, deux pour dix-huit dollars. Très bon aussi pour aider à trouver le pardon, pour la compassion et la paix intérieure. Elles sont très efficaces.

– Ah, d'accord.

Le type m'a regardé sans lâcher son sourire. Cet homme avait l'air extraordinairement apaisé, détendu, sûr de son discours et de ce qu'il vendait. Il en a pris une et me l'a glissée dans la paume puis a délicatement refermé mes doigts dessus. Ses deux mains enveloppaient la mienne, elles étaient aussi douces que celles d'une femme. J'ai remarqué aux mouvements de sa poitrine qu'il respirait avec une étonnante lenteur. Sans me lâcher, il a déchaussé une de ses sandales et a éteint la musique avec son orteil. Ensuite il a eu un mouvement de la tête comme pour me signifier de me taire. On est restés ainsi, sans se parler, un long moment. Il ne me quittait pas des yeux, j'étais frappé par la qualité de sa peau alors qu'il semblait avoir dépassé la cinquantaine, une peau lisse, sans rides. J'ai été traversé par une douceur que je n'avais pas ressentie depuis trop longtemps, ça m'a ému et j'ai eu un spasme de sanglot que je suis parvenu tout juste à contenir.

– Pleurez s'il le faut.

Son invitation me calma aussitôt. Son sourire s'ouvrit sur une denture parfaite et il retira ses mains. Ça va aller, il a dit, ça va aller.

Je sortis immédiatement un billet de vingt dollars et lui en pris une seconde. Je le remerciai en fourrant les deux pierres dans ma poche. Peut-être que je venais de me faire avoir mais ça m'était égal. Avant de rejoindre ma voiture je me suis retourné pour lui demander ce qu'il écoutait.

– Suboi, reine du hip-hop vietnamien.

Ça m'a mis dans un drôle d'état cette petite halte. J'aurais aimé n'être qu'à un quart d'heure du Grande Vista, conduire une main hors du véhicule en écoutant Coltrane ou Davis comme quand je revenais de la pêche, me garer à l'angle d'Eagle Street et finir les quelques mètres à pied. Ouvrir la porte du bar, brandir mes truites et l'entendre crier de joie. Ensuite on aurait bu quelques bières avec deux ou trois clients, on aurait fermé et on serait montés se faire une soirée tous les deux, elle en culotte et moi torse nu, elle retirait presque toujours son jeans dans l'appartement, on n'avait pas la clim là-haut, quand il faisait trop chaud on descendait le matelas dans le bar. C'est à ça que je pensais sur cette route de l'Utah. À ces premiers mois durant lesquels on a marché sur l'eau. Je me suis revu entrant pour la première fois dans son bar. C'est elle qui a engagé la conversation. Elle restait face à moi, derrière son comptoir, sans trop s'occuper des autres clients. Ses questions étaient très directes, elle voulait savoir ce qu'un Français faisait à Los Angeles. Je me souviens de quelques éclats de rire et de son refus de boire avec moi. Vous ne buvez pas ? je lui ai demandé.

– Ça dépend, parfois si, elle a répondu. Mais ce soir j'ai envie de rester sobre.

Je l'ai pris pour moi et je lui ai fait remarquer que je n'étais sans doute pas assez bien pour qu'elle ait envie de trinquer avec moi.

– Si justement. Quand un homme me plaît, je n'ai pas envie de me saouler trop vite avec lui. L'alcool ne me rend pas toujours très séduisante…

Il y avait peu de monde et je crois qu'elle a fermé plus tôt que prévu. Quand je me suis levé pour partir elle a posé la main sur mon bras et m'a demandé de l'attendre. Une fois la porte verrouillée elle s'est retournée bien campée sur ses jambes écartées et elle m'a proposé d'aller grignoter un petit truc chez elle. On est montés à son appartement et on a parlé de Karen Blixen devant une assiette d'œufs aux champignons. On s'est lu chacun nos poèmes, tous mauvais, en faisant semblant de s'extasier sur ceux de l'autre. Elle a sorti quelques recueils de Pessoa, Brautigan, Pound, Lorca… et elle m'a embrassé après avoir fini son verre de vin cul sec. On n'a pas fait l'amour cette première nuit, on s'est juste endormis encastrés l'un contre l'autre, aussi épuisés que deux bêtes arrivées au terme d'une migration. Il m'a fallu un peu de temps pour comprendre où j'avais atterri. Mais une fois que j'ai quitté mon studio et que j'ai emménagé chez elle j'ai pigé à qui j'avais affaire. Ce soir on va fêter ça, elle a dit. Là, j'ai vraiment vu ce que c'était de tenir l'alcool sur la longueur. Mazette, à l'heure de fermeture elle a baissé le rideau et gardé quelques poivrots pour organiser un concours de bougies à éteindre avec un fouet. Chaque perdant devait s'enfiler un shot de Jack Daniel's. J'ai vomi à minuit. Elle, à 4 heures.

Après ce baptême du feu, elle semblait ne plus craindre de se montrer à nu. Ses cuites furent de plus en plus fréquentes. Elle savait que j'étais amoureux et son côté passionnel, pétaradant et bordélique m'éblouissait, quant à moi je veillais sur elle, j'étais sa digue, son garde-fou, son appui, je m'occupais d'elle, et je crois que ça lui faisait du bien de pouvoir se reposer sur quelqu'un. Cette fille était entrée dans la jungle trop tôt. Et puis, quand le quotidien nous avait suffisamment éloignés des joies de la rencontre, elle est devenue de moins en moins complice, ses gestes affectueux s'espaçaient, sa face sombre est remontée à la surface. Je l'agaçais, elle me trouvait terne, chiant, rabat-joie, jusqu'à prendre des clients à partie pour me chambrer. Je mettais ça sur le compte de son alcoolisme, de sa fragilité et de cette incapacité à se laisser attendrir de ceux qui n'ont pas eu de chance et qui n'ont dû compter que sur eux-mêmes, comme une peur de baisser la garde. Jusqu'à ce que ça devienne insupportable. C'est ça le problème quand on vit avec une femme je me suis dit, c'est que ça devient, ça change, et alors après c'est les montagnes russes dans la tête. Mais c'est pratiquement impossible d'oublier ce qu'on a aimé chez quelqu'un.

Je suis arrivé à Kayenta vers 17 heures. Je n'avais rien mangé depuis mon départ. J'ai repéré un ou deux restaurants où je pourrais dîner dans la soirée. Ensuite, j'ai fait quelques emplettes pour ne plus avoir à sortir de ma chambre une fois que j'y serais. J'ai demandé à la fille derrière sa caisse si elle ne connaissait pas un motel bon marché. On était tout près de Monument Valley, alors bien entendu il était difficile de trouver une chambre à moins de cent dollars. Elle m'a orienté vers un truc qui ne m'a pas plu du tout, et trop cher. J'ai tourné pendant une demi-heure mais j'ai fini par tomber sur ce que je cherchais. Quelque chose de sobre, avec une vingtaine de chambres seulement, derrière une station-service. J'ai retiré mes bottes et je me suis allongé sur le lit, les bras derrière la nuque. J'avais pas envie de rappeler Jerry, mais j'aurais bien aimé qu'elle soit là, à côté de moi, sur ce lit, sa tête sur mon épaule, somnolente après une journée de route. J'ai regardé le plafond jusqu'à ce que la nuit tombe. Je n'étais pas ce genre d'homme. J'ai attrapé mon ordinateur et fait le virement, je lui ai tout rendu. Après ça, j'ai saisi l'enveloppe, j'ai écrit son adresse dessus et j'ai glissé une larme d'Apache dedans.

Économie d'énergie

Je travaille et, bien que je sois aidée à la maison, c'est tout de même sur mes épaules que reposent certaines tâches, sans parler de la charge mentale. Récemment, je me suis aperçue que mon inconscient avait développé une aptitude à économiser mon énergie. Dans mon sac, mes affaires sont disposées de telle façon que je n'ai plus à les chercher. Ma main va directement aux clés, au portefeuille ou aux lunettes, même dans le noir. Lorsque je vide la machine à laver la vaisselle, je prends appui sur ma jambe gauche autour de laquelle je pivote afin d'atteindre la table (que j'ai fait approcher de quinze centimètres du plan de travail) sur laquelle je dépose assiettes et couverts. Je n'attrape plus les objets comme auparavant, le pincement de mon index et de mon pouce s'est précisé, plus rien ne m'échappe. J'ai mis au point un contorsionnisme extrêmement efficace pour m'habiller, une gestuelle qui n'a rien à envier aux danseurs de Pina

Bausch. J'utilise une brosse à dents électrique, le poignet reste inactif, huit passages de la brosse dans mes cheveux suffisent à me coiffer, pour le rouge deux applications suffisent, puis massage des deux lèvres entre elles. Je connais précisément le nombre de pas qui séparent le canapé de la chambre de ma fille, de mon lit aux toilettes, de la salle de bains à mon dressing et afin d'en faire moins j'allonge mon compas de quelques centimètres ce qui me fait gagner parfois jusqu'à trois ou quatre pas. Même pour faire l'amour j'ai gagné en efficacité. Mon mari jouit en six minutes. J'ai rogné une minute en un an. Mais je sens que je peux faire encore mieux.

France-All Blacks

Il avait pas grand-chose pour lui, un type ordinaire croisé une fois ou deux et qui exprimait très clairement ses intentions. Envisager de passer une nuit avec lui ne m'enthousiasmait pas plus que ça parce qu'un amant, justement, est fait pour oublier l'ordinaire. Mais je suis joueuse, je peux pas m'empêcher de faire des paris ou de me lancer des défis. Alors je lui ai dit : « D'accord, mais que si la France gagne. » Je sais, sur ce coup-là j'étais assez petite joueuse, parce que gagner contre les All Blacks est assez improbable. J'étais à la terrasse d'un café avec une copine et on parlait de choses dont on parle dans les cafés. J'entendais vaguement la retransmission à la télé que des gars debout accoudés au comptoir regardaient en se passant les mains dans les cheveux et en hurlant des « putain » et des « mais c'est pas possible ». La première mi-temps est passée comme un train de lointaine banlieue, avec rien de particulier à voir et des essais prévisibles et réguliers.

Quand nos hommes sont rentrés tout crottés aux vestiaires, les Néo-Zélandais menaient 17 à 7. J'y connaissais rien en ballon ovale mais dix points d'avance ça présageait que j'allais rentrer sagement et me faire des sushis devant une série. J'ai reçu le premier SMS cinq minutes après le début de la seconde période et trente secondes après les hurlements dans mon dos. 17-12 ; –) ! Mais les Maoris n'ont pas tardé à marquer trois points de plus pour bien signifier qui menait la danse. J'ai envoyé : Ha, ha ! je sens que ça va pas être pour ce soir mon biquet. Au point que j'ai lâché un peu l'affaire pour m'intéresser à ce que me racontait ma copine. Puis un nouveau SMS : 20-15. Derrière nous, face à la télé, ça commençait à vraiment chauffer, des gens s'arrêtaient sur le trottoir pour regarder l'écran avec des sourires. Au SMS de 20-18, il a ajouté : Attention à ce que ça ne se finisse pas par un plaquage sur un lit ! J'ai pas pu m'empêcher de renvoyer : Tu me fais pas peur, j'en ai couché des plus balèzes que toi ! Il a répondu : Méfie-toi de l'équipe de France. Quand les All Blacks sont passés à 23-18, j'ai recommandé un verre de blanc pour fêter ça. J'ai juste envoyé : Hi hi, je me marre... Mais je me suis pas marrée bien longtemps. Dans notre dos, avec ma copine, on a entendu des hurlements comme si on nous annonçait la fin de l'hiver, du cancer et des tournées gratis pendant dix ans ! 23-23 !! Mais le Français a raté sa transformation et à nouveau des hurlements comme si on nous annonçait que si, l'hiver et le cancer allaient continuer. À trois minutes de la fin du match. Mon téléphone a fait bip et j'ai lu : Chez toi ou chez moi ?

– On avait dit, QUE si la France gagne !

– Oui, mais un match nul contre les Blacks est considéré comme une victoire.

– Pas pour moi coco…

– Je vois que tu es âpre en affaires !

– Je respecte les règles du jeu.

– Bon, une autre fois peut-être.

– Voilà, on se rappelle au match ret…

Je n'ai pas eu le temps de finir mon texto, dans le café une guerre nucléaire de joie venait d'éclater, je me suis retournée et j'ai vu le 23 de la France passer à 26. Il restait vingt-huit secondes à jouer. Le stade était hystérique, les joueurs français couraient partout comme s'ils cherchaient des œufs de Pâques et les costauds d'en face sont juste restés les poings sur les hanches, certains regardaient le ciel, d'autres le bout de leurs chaussures, mais ils n'ont rien tenté, même pour la beauté du geste. C'était plié. Pour la remise en jeu l'un d'entre eux a donné un coup de pied mollasson dans le ballon… Cinq, quatre, trois, deux, un…

Bip. Je repose ma question, chez toi ou chez moi ?

J'ai envoyé mon adresse, mon code et l'heure à laquelle je l'attendais. J'avais à peine le temps de rentrer pour faire un brin de ménage et me pomponner.

Ça a été bien. Pas forcément l'évanouissement parce qu'il manquait les sentiments, mais ça a été bien.

Après il m'a demandé s'il pouvait prendre une photo de moi toute nue sur le lit.

– Tu plaisantes ? Ça va pas non !

– Juste ton corps, on verra pas ton visage.

– Tu les collectionnes ?

– C'est pas pour ça, tu verras, je te promets qu'après je la détruis devant toi.

– Soit.

Il ne savait pas faire que l'amour parce que je me suis trouvée très belle. L'angle, le cadrage, la lumière, tout était parfait pour me mettre en valeur, j'en ai presque regretté que ma tête soit coupée. Ensuite il m'a demandé s'il pouvait l'envoyer à l'équipe de France via leur site. J'ai trouvé ça drôle alors j'ai dit oui.

Avec la photo il a ajouté : Merci les gars !

La montre de mon père

Rosalie m'avait quitté un mois auparavant pour un mieux que moi comme elle avait dit. On venait à peine d'emménager dans le coin et il fallait pas que je reste à ruminer ma tristesse tout seul. Alors j'ai essayé de m'intégrer, de me faire des copains. Le club de sport, pour ça, c'est bien, après on va boire un verre ou dîner ensemble. Ça m'a fait un bien fou de rencontrer tous ces gars. Y en a un les voisins m'avaient pourtant dit de me méfier de lui, le genre de type avec qui il faut garder ses distances, ce n'était pas faute d'avoir été prévenu. Dans le lotissement tout le monde était unanime, un garçon des plus charmants mais qu'il ne faut JAMAIS faire entrer chez soi. Il paraît que c'est comme une maladie, enfin quelque chose de pathologique, qui se soigne même. Que c'est plus fort que lui. Sa cleptomanie devenait un vrai problème dans le quartier. J'ai suivi les conseils que l'on m'avait prodigués, je ne le voyais que dehors, on se donnait rendez-vous dans des cafés, dans des parcs, on faisait du sport ensemble, parfois on allait au cinéma. On est devenus amis. On se parlait souvent tard la nuit au téléphone, on n'avait plus aucun secret l'un pour l'autre. Et puis la mégarde. Un soir, en rentrant de la salle d'entraînement en parlant bricolage, il m'a demandé si je n'avais pas une perceuse, j'ai pas fait gaffe et j'ai répondu oui j'en ai une.

– Ça t'ennuie pas si je passe la prendre ? Je te la ramène demain.

– Non, bien sûr.

Arrivé à la maison ça m'a saisi comme quand on perd le contrôle de sa voiture et qu'on voit l'arbre surgir. Alors je ne l'ai pas lâché du regard, je lui ai dit de me suivre jusqu'à la cave pour aller chercher l'outil. Ensuite on a bu un Coca dans la cuisine. Il m'a pas quitté d'une semelle, on est restés ensemble du moment où il est entré dans ma maison à celui où il en est reparti. J'avais même envie d'aller aux toilettes mais je me suis retenu. Le seul moment où je l'ai quitté des yeux c'est quand j'ai ouvert le frigo pour sortir les canettes. C'est tout, peut-être trois ou quatre secondes, pas plus. Une heure après son départ, j'ai remarqué que la montre de mon père n'était plus dans le ramequin posé derrière l'évier. Je me souviens très exactement du moment où je l'y avais déposée, en fin d'après-midi quand j'ai fait la vaisselle. Et je ne l'ai pas remise à mon poignet car je savais que j'allais au sport et je ne l'emporte jamais au sport. Il faut avouer qu'il était très fort. Le soir, je me suis couché avec un petit pincement au cœur, j'y tenais à cette montre, mais j'avais joué avec le feu, c'était ma faute, je ne lui en voulais même pas.

Le lendemain, il m'a appelé pour savoir vers quelle heure je comptais passer chez lui pour récupérer ma perceuse. Nous sommes convenus de 19 heures, après le boulot. Il m'a ouvert la porte avec la montre au poignet. Je me suis dit il est gonflé quand même. Mais bon, j'ai encore rien dit, ça aurait servi à quoi, il aurait nié ou répondu je ne sais quoi et ça aurait fini en embrouille ou en engueulade, et je l'aimais bien ce type. Et là, dans la cuisine, j'ai vu qu'il en était pas à son premier vol avec moi. C'est Rosalie qui préparait le plateau d'apéro.

La nasse

C'en était fini du confort. Sans emploi et avec la pension alimentaire pour mon ex-femme je n'avais plus les moyens de vivre en centre-ville. J'ai donc migré vers les quartiers de la banlieue nord. Des barres d'immeubles construites au rabais dans les années soixante qui étaient maintenant dans un état de délabrement avancé. La tristesse dans ce qu'elle a de plus contemporain. Étonnamment, les urbanistes avaient conçu ce quartier comme une nasse, étroit à l'entrée et évasé aux extrémités. En y pénétrant avec le camion de location contenant tous mes meubles, j'eus soudain la sensation que je ne pourrais plus jamais en sortir. Entre les bâtiments, des sacs-poubelle éventrés laissaient s'échapper des ordures au milieu desquelles des gamins slalomaient à scooter. Mon logement était au huitième étage sur une vingtaine. Une population pour majorité d'origines maghrébine et subsaharienne, nous étions une minorité de Blancs. Dans le hall, aucune boîte aux lettres ne fermait et la cage d'escalier était recouverte de graffitis. Mon appartement comptait deux pièces, plus une cuisine qui n'en avait que le nom tant elle était exiguë, et une tout aussi petite salle de douche, sans placard, avec un miroir ébréché et des toilettes sans cuvette.

Depuis mon divorce et mes difficultés professionnelles, mes nuits étaient devenues capricieuses. La première que je passai dans mon nouvel appartement fut pire encore. Les lampadaires qui éclairaient la cité diffusaient une lumière presque verte, agressive, dure, qui entrait dans ma chambre à cause d'un store branlant et d'aucune efficacité. En bas de chez moi, les jeunes parlaient fort, s'amusaient à faire des courses et des rodéos de deux-roues sans aucune considération pour la centaine de gens autour d'eux qui, comme moi, tentaient de trouver le sommeil. Ne pouvant dormir, je fumais alors à ma fenêtre, assistant à un monde où le pouvoir avait changé de camp.

Je compris en quelques semaines l'organisation de mon quartier. Ici, la police ne venait plus depuis longtemps. On parlait d'un certain Carter comme étant le parrain qui gérait et contrôlait le trafic de stupéfiants mais aussi toute la vie sociale. Beaucoup d'habitants étaient des exclus du système, recevant des allocations si maigres qu'elles ne permettaient pas de vivre décemment. On racontait que Carter payait tout à ceux qui en avaient besoin, factures d'électricité, cantine des enfants, compléments de retraite, billets d'avion pour le retour au bled… Tout le monde en parlait comme d'un Samaritain fiable, paternel et sur qui on pouvait compter. Les vendeurs ne se cachaient même pas, ils recevaient leurs clients assis derrière une table branlante juste en face d'un appartement au rez-de-chaussée où était stockée la marchandise. Ici on trouvait de tout, principalement du shit, mais on pouvait aussi commander de l'héroïne, du crack, de la cocaïne, de la MDMA voire du zolpidem, du Subutex, du Rohypnol, du Rivotril et même du GHB. À l'entrée de la cité, l'organisation avait édifié un véritable check point. Impossible d'y pénétrer sans avoir été contrôlé par une dizaine de soldats armés qui, comble de l'ironie, notaient les numéros des plaques d'immatriculation des véhicules et photographiaient les cartes d'identité. Deux fois par semaine, des camions venaient vendre des produits alimentaires au prix producteur, c'est-à-dire trente à quarante pour cent moins cher que dans n'importe quel supermarché. Régulièrement, d'autres produits de première nécessité comme des vêtements, de l'électroménager voire des médicaments étaient proposés pour des sommes dérisoires. Il va de soi que toute cette marchandise était volée. À y regarder avec neutralité, sans aucune morale, ce système fonctionnait aussi bien qu'une mécanique horlogère et arrangeait tout le monde. Les petits producteurs de fruits et légumes étaient ravis de vendre leur production à bon prix sans se sentir lésés par la grande distribution, quant à la marchandise volée, elle n'était qu'un rééquilibrage et une redistribution des richesses d'entreprises qui gagnaient des millions d'euros sur le dos des consommateurs. Je finis par m'accommoder de cette vie en marge de la loi mais sous la protection et la bienveillance d'une mafia qui, si je respectais ses codes, me respectait en retour. Moi aussi dans la nécessité, je fus contraint de rendre à mon tour quelques services, livraison de paquets contenant de la drogue, heures de surveillance des allées et venues à des postes stratégiques ou, plus simplement, travaux de plomberie, de peinture, rémunérés en nature soit par des denrées, soit par des passes offertes par des prostituées travaillant pour Carter.

Mes nuits étaient toujours aussi blanches. Il m'arrivait de veiller jusqu'à 5, 6 heures du matin avant de pouvoir m'endormir. Je passais alors des heures à fumer en caleçon, face à la fenêtre. La fatigue altérait ma perception du monde, les bruits devenaient plus agressifs, les lumières plus crues, et les autres plus lointains et irréels. Une nuit, alors que les jeunes étaient enfin allés se coucher, je ne sais si c'était une hallucination ou non, je vis un crocodile traverser la dalle silencieuse sous le halo vert des réverbères. Je ne sortais pratiquement plus de la cité, j'y trouvais tout ce dont un homme a besoin, de quoi se nourrir, se vêtir, se soigner, et même de quoi assouvir ma sexualité. En intégrant et en acceptant les codes de ce monde clos, je m'étais coupé du monde ouvert, plus libre mais plus complexe. Petit à petit, on me demanda davantage de services, et, ayant trop accepté l'aide de l'organisation, il m'était impossible de refuser. Ma corpulence et mon physique imposant m'amenèrent à exécuter des tâches de plus en plus musclées. Plusieurs fois, j'ai été chargé de ramener fermement des filles à tapiner, je suis allé tabasser un mauvais payeur, puis un deuxième, puis un troisième… J'agissais avec froideur, sans rien éprouver pour ces gens que je maltraitais, au fond ne l'avaient-ils pas mérité ? Et puis j'étais parfois payé pour le faire. La nuit, lors de mes insomnies, s'il m'arrivait de penser à ce que j'avais fait le jour, je ne ressentais aucun regret, aucune honte. Mon environnement avait fini par m'anesthésier. Mes visions nocturnes devinrent de plus en plus étranges, une fois ce furent des hyènes que je crus voir fouiller dans les poubelles. Une autre nuit, je fus convaincu que ce n'était pas de la pluie qui tombait du ciel mais du sang. Quelques soirs plus tard, l'immeuble faisant face au mien se transforma en temple maya et je crus assister à un rite de sacrifice humain.

Un jour, trois ou quatre voitures entrèrent en trombe dans la cité. On vint me chercher pour sortir violemment deux hommes d'un des véhicules et les emmener dans une cave. On les dénuda et les attacha à des tuyaux de canalisation, puis un lieutenant de Carter me donna une heure pour les faire parler. Ils devaient avouer un vol de quatre kilos de cannabis. Alors j'ai frappé, d'abord sur le plus costaud, pour faire peur au plus faible. Le sang a vite coulé, de sa bouche, de son nez, de ses arcades. Le type hurlait son innocence, répétait son alibi, jurait que ça ne POUVAIT PAS être lui. N'obtenant rien je me suis occupé du second. Pareil, j'ai frappé comme on casse de la pierre. Il s'est évanoui au bout d'une demi-heure. Quand le lieutenant est revenu pour me demander s'ils avaient révélé où était cachée la marchandise j'ai été obligé de reconnaître mon impuissance. Il m'a alors ordonné d'aller encore plus loin.

– Soit ils parlent, soit tu les butes.

J'ai pris un tournevis et je l'ai enfoncé dans l'anus d'un des deux gars, ma main était couverte de sang. Je crois que je n'ai jamais entendu un homme hurler aussi fort. L'autre avait repris connaissance, je lui ai demandé une énième fois ce qu'ils avaient fait du shit, il m'a répondu pour la énième fois que ce n'était pas eux, que des tas de gens pouvaient en témoigner. J'ai pris un sécateur et je l'ai circoncis. Le sang a coulé sur ses jambes. Nu, couvert de sang et pendu par les poignets, il y avait dans ce corps en souffrance, musclé et sec, quelque chose de christique. Je les ai tous les deux détachés, ils sont tombés sur le sol dans un bruit de sacs de terre jetés. Ensuite j'ai pris une masse et j'ai commencé par leur briser les pieds, puis les jambes. Leurs râles ressemblaient aux ronflements de gros chiens. Au bout de deux heures, ils n'avaient rien avoué. Ils agonisaient, enchevêtrés l'un sur l'autre au milieu d'une mare brune, le regard fixe, immobiles. Seuls les mouvements de leurs poitrines témoignaient qu'il y avait en eux encore un peu de vie. J'ai décapsulé une canette de coca, je me suis assis et j'ai allumé une cigarette. Je n'entendais plus rien, pas même le bruit de mes gorgées. Deux serpents sont sortis de cet amas de chair sanguinolent et ont filé vers les ombres de la cave. Je suis resté un long moment face à eux, des images de mon enfance me sont revenues, avec mon frère, lors d'une baignade dans un torrent de montagne. Sur un rocher, nos parents nous regardaient en souriant et se sont embrassés. Je me suis levé et je leur ai tiré à chacun une balle dans la tête. Ensuite je suis remonté et j'ai dit aux trois nettoyeurs chargés de faire disparaître les corps que mon boulot était terminé. Je suis rentré chez moi et j'ai mangé une soupe chinoise lyophilisée devant un programme de téléréalité. Une semaine plus tard, on a appris que les deux gars que j'avais tués n'étaient pas responsables du vol. Ça m'a rien fait, ça me regarde pas.

Jolie prune

J'ai mis quarante-trois ans pour devenir président du Sénat. Quarante-trois ans d'efforts, d'abnégation, de sacrifices, de travail acharné, de compromis, de fidélité. Quarante-trois ans pour enfin arriver à ce poste dont mon père aurait été si fier. Aujourd'hui, je suis un homme utile à mon pays, qui me le rend bien. Je suis Commandeur des Arts et des Lettres, Chevalier du Mérite agricole et de la Légion d'honneur, et Officier de l'ordre de Saint-Charles de la principauté de Monaco. Je suis le deuxième personnage de l'État dans l'ordre constitutionnel. Je suis second, peut-être, mais second à Rome ! J'aime les honneurs, le cérémonial, le protocole et les ors. J'aime la Nation et je sais que l'Histoire ne se fait pas sans les hommes.

Il n'empêche, après avoir tu et contenu mes douleurs pendant plusieurs mois, il m'a bien fallu me rendre à la raison et consulter.

Le docteur Marion m'a écouté attentivement, puis il m'a demandé de me déshabiller. J'ai d'abord retiré ma veste. Un instant, j'ai hésité à dénouer ma cravate mais, comme par respect pour la science et la médecine, je l'ai gardée. Ensuite j'ai délacé mes souliers, enlevé mon pantalon et j'ai rejoint le médecin qui enfilait ses gants de latex. Il m'a demandé de monter sur la paillasse, de me mettre à genoux et de me pencher en avant. De ses deux index, il a fait glisser mon caleçon jusqu'à mes genoux, puis, avec la grande précision d'un professionnel, le docteur Marion a écarté mes fesses et tâté mon fondement. « Ah oui, nous avons affaire à une jolie prune, à ce stade l'opération est recommandée », dit-il simplement avec l'air enjoué. C'est à ce moment que le téléphone a sonné.

– Je vous prie de m'excuser. Ne bougez pas.

Le médecin a regagné son bureau et décroché. Il m'a semblé qu'il était question de garde d'enfants pour le week-end. Manifestement, sa femme et lui n'étaient pas d'accord. Très discrètement, car dans ma position je ne pouvais guère prétendre à mieux, je me suis entendu leur suggérer les coordonnées de ma nièce, dont la réputation dans le quartier n'était plus à faire. C'est ainsi que m'est venue l'idée des crèches étudiantes, avec le caleçon sur les genoux et les fesses en l'air.

Sans histoire

Je marche depuis le mois de mars. Je ne sais plus à quelle date exacte je suis parti mais cela fait environ huit semaines que je longe des nationales ou des départementales avec l'étrange sentiment que plus je m'éloigne de ma vie, plus je me rapproche de moi-même.

Je suis le troisième d'une fratrie de quatre enfants. Ma première sœur a toujours pris très à cœur sa place d'aînée. Dès la petite enfance elle s'est octroyé le rôle de la décideuse, de la leader sans jamais partager son pouvoir. Aujourd'hui, elle gère ses trois blanchisseries grenobloises comme s'il s'agissait d'une entreprise cotée en Bourse. Ma seconde sœur n'a rien trouvé de mieux que vivre dans l'inquiétude permanente pour donner sens à sa vie. Elle passe son temps à se préoccuper et à pousser des cris de poule faisane effrayée par la chute d'une feuille morte. Elle s'intéresse à tout (donc à rien) simplement pour donner des réponses à ses angoissantes questions, comme on nourrit une bête insatiable. Ses connaissances ne sont que superficielles et n'ont d'autre but que la rassurer. Elle vit à Chartres parce qu'il ne s'y passe rien. Quant à mon frère de trois ans mon cadet, il a la tyrannie des petits derniers à qui on passe tout et dont on tolère autant les caprices que l'égoïsme. Il prétend être comédien depuis plus de dix ans mais je ne l'ai jamais vu jouer nulle part, ni au théâtre, ni à la télé, ni au cinéma. Je crois qu'il nous ment. Nous avons été élevés par une mère effacée, sans autorité (elle n'était rien de plus que le contour d'elle-même), et un père qui, non content d'avoir porté des casquettes à pompon pendant mon enfance, a toujours parlé très au-dessus de ses moyens. Hâbleur, fanfaron, ce commercial dans la vente automobile a considéré l'acquisition de sa première CX comme le Graal d'une revanche sociale et la pochette en cuir comme le dernier chic du dandysme parisien. Pendant des années, son ridicule a fait la joie de tout notre quartier, et parfois même au-delà. C'était le genre d'homme à parler fort en buvant des blancs-cass aux comptoirs. Ma mère dira de moi que j'ai été un enfant sans histoire. Je n'ai jamais pu nommer mes désirs. J'ai parfois le sentiment de n'en avoir jamais eu. Je n'ai pratiquement aucun souvenir de mon enfance et de ma préadolescence.

J'ai obtenu mon BTS électrotechnique mais le seul emploi qui eut un vague lien avec ma formation fut le premier, responsable électricité dans une grosse quincaillerie du Mans. Ensuite j'ai vendu des acras de morue à Pointe-à-Pitre parce que je fréquentais une prostituée martiniquaise avec qui je m'entendais bien. Je serais incapable de dire si j'étais amoureux ou pas. Trois mois après notre rencontre elle a voulu rentrer au pays, alors je l'ai suivie. Elle m'a vite quitté et je suis rentré en métropole avant de boucler l'année. Après ça j'ai travaillé dans un zoo, je nettoyais les litières et nourrissais les otaries. Ensuite j'ai été barman au Rubis, le seul club échangiste de Niort, c'était à la fois frustrant et écœurant. C'est là que j'ai rencontré Christelle, serveuse, comme moi. Atrocement ennuyeuse, au lit comme ailleurs, mais ça ne me gênait pas. J'ai eu deux enfants avec elle, Romain et Lydia, j'ai jamais aimé ces prénoms mais ma femme y tenait. Pendant presque vingt ans j'ai travaillé, puis pas travaillé, puis retravaillé, puis re-pas travaillé. On avait un peu d'argent, puis moins, puis re un peu, puis re il fallait faire attention mais on n'a jamais connu la vraie angoisse, il y en avait toujours au moins un des deux qui avait un emploi. J'aurais bien aimé m'acheter une moto mais je n'en ai jamais eu les moyens. C'est pas grave. Mon histoire avec Christelle a commencé il y a dix-neuf ans, dix-neuf ans d'une vie sans histoire. On a déménagé cinq fois, on a vécu près de La Rochelle, dans la Nièvre, en Picardie, à Nancy et à Saint-Ouen. On a un peu bougé finalement, vu du pays. On a même fait deux voyages avec les enfants, un en Tunisie et l'autre en Thaïlande, chaque fois dans des centres de vacances, et une croisière avec Costa en Méditerranée quand j'ai gagné onze mille euros au casino de Granville. À part ça, j'ai beau chercher, il s'est pas passé grand-chose. Mes parents sont morts. Mon père en 2009, ma mère en 2018 et ça fait un bail que j'ai pas vu mes sœurs et mon frère. On n'a plus rien à se dire finalement. Ou peut-être que j'ai jamais rien eu à leur dire.

Il y a deux mois j'ai quitté Christelle. En fait je ne l'ai jamais aimée. Pendant quelque temps j'ai dormi dans une caravane prêtée par un copain, c'était ni bien ni mal, c'était comme ça.

Maintenant je marche sur des routes avec un sac et un poncho de randonneur sur le dos. Je dors sous des abribus, dans des granges ou sur des toits de garages. Il m'est arrivé quelques fois d'accepter l'hospitalité mais d'habitude je refuse parce qu'il faut parler. Je traverse villes et villages discrètement, j'évite les autres, je ne veux être qu'un type qui passe, un type sans histoire. J'ai trois tenues, une pour le temps froid, une pour la météo modérée et une pour les fortes chaleurs. Ça suffit amplement. Je vais nulle part, mais j'avance.

Rat mort

Un soir, je rentrais chez moi après une journée interminable et un dîner d'un ennui mortel en marchant comme un petit vieux qui sort son chien. Ils sont arrivés du trottoir d'en face et ont traversé la rue, quatre gaillards plus frais que des taurillons, avec des épaules deux fois plus larges que les miennes et vingt ans de vigueur. Ils ne se sont rien dit, même pas regardés, ils ont foncé sur moi et j'ai pris aussitôt une châtaigne sur l'oreille gauche. Ça faisait très mal et ça sifflait. Puis ils m'ont poussé contre une voiture, deux me tenaient les bras, un troisième m'a mis un couteau sous la gorge pendant que le quatrième me faisait les poches. Puis deux ou trois beignes et quelques coups de pied histoire que je n'aie pas trop l'idée de me défendre et ils ont filé en me laissant m'effondrer sur le pavé. J'ai juste vu huit jambes détaler en courant et je me suis évanoui. Je crois que c'est l'odeur qui m'a réveillé. Là, à deux centimètres de mon nez, il y avait un énorme rat mort qui me regardait en se demandant sans doute ce que je faisais par terre à côté de lui.

– Qu'est-ce que tu fais là ? a dit le rat mort.

– Je sais pas, je me suis fait agresser.

– Tu peux te dire que tu as du bol, t'as failli me tomber dessus. Qu'est-ce que tu préfères, te faire casser la gueule ou t'étaler la face sur un rat mort ?

– Bah, en fait je sais pas trop parce que se faire tabasser, ça fait mal quand même.

– Soit, mais tu admettras que s'écraser le visage sur un rat crevé en décomposition, c'est pas très bon pour l'ego, et les blessures narcissiques sont souvent plus profondes que les blessures physiques.

– C'est pas faux.

– Je crois que tu as tout de même eu de la chance. Bon, sur ce, je ne voudrais pas te donner de conseils mais tu ferais mieux de rentrer chez toi. Je t'embrasse pas mais le cœur y est.

– C'est gentil.

Deux centimètres, ça fait tout juste la largeur d'un doigt. Pas de doute, ce soir-là, la chance me souriait.

Trains

Mon fils cadet n'a jamais réclamé de dessins animés. Contrairement à tous les enfants de son âge, ce genre de cinéma ne l'intéresse pas. Quand son aîné sautille de joie à l'idée de passer un moment devant *Tom et Jerry* ou *Kung Fu Panda*, lui reste indifférent. Non, lui, ce qu'il réclame, ce sont des vidéos de trains. Avant de le coucher, le soir, sa mère et moi le mettons devant ces chenilles métalliques traversant des pampas, des campagnes, des steppes désertiques ou entrant dans des gares imposantes. Son visage s'apaise alors pour devenir celui d'un enfant qui retrouve après les agressions du monde un foyer calme et sécurisant. Trains européens, sud-américains, africains, indiens, tous le fascinent, avec une prédilection pour le Shinkansen. Je me suis toujours demandé si cette passion exprimait son désir de découvrir le monde ou de fuir.

Comme dans un porno

– Je vais te dire ce qui va se passer. Je vais faire valser mes fringues et te pousser sur le lit pour te bouffer ta BITE DE PETIT CHIEN LUBRIQUE et toi, tu en redemanderas petit SALOPIAUD, tu hurleras ta mère OH OUI VAS-Y, SUCE-MOI JUSQU'À LA MOELLE. Ensuite, je vais m'asseoir sur tes lèvres et empoigner tes cheveux pour que tu t'écrases le nez sur ma CHATTE, t'aimes ça ? Hein ? TU L'AIMES MA CHATTE HEIN ? PETIT CLÉBARD, VAS-Y, BOUFFE-LA-MOI SALOPARD ! Après je ferai un petit saut de cabris pour m'empaler sur ton braquemart. JE VAIS TE VIDER LES COUILLES POUR UN MOIS, TU VAS TOUT ME DONNER, ESPÈCE D'ENCULÉ, JE VAIS TE DÉMONTER JUSQU'À PLUS SAVOIR QUI T'ES ! Je te donnerai une belle avoine pour que tu comprennes bien que c'est moi qui mène les affaires. Je ralentirai un peu, je me dégagerai complètement pour que ton goumi devienne un petit animal éploré, tu me diras VAS-Y, REVIENS JE T'EN SUPPLIE, OH OUI, DÉFONCE-MOI. Je calmerai les assauts du 4e de cavalerie, et puis hop, ça repartira par un petit coup de pelleteuse. Et à nouveau se dégager de toi, pour que ça devienne insupportable, une torture, T'EN PEUX PLUS MON SALAUD, HEIN ?! T'ES AU BORD DE L'EXPLOSION, HEIN ?! TU VEUX TOUT DONNER HEIN ?! Après ça, je te renverserai sur le lit tel un Zarak des grands soirs pour que tu te retrouves en missionnaire au-dessus de moi en te cravachant les fesses et que tu me donnes TOUTE TA GICLÉE DE FOUTRE SUR LA CHATTE ET LE VENTRE !!

– …

– Voilà, tu vois, moi aussi je peux parler comme dans un film porno. Regarde, ça te fait même pas bander. Alors, sois gentil, arrête de m'emmerder avec cette histoire de se dire des trucs crus pendant qu'on baise.

Retour aux fondamentaux

J'ai un ami qui, il y a trois ans, a décidé de quitter la civilisation, de rompre avec la société de consommation et cette vaine course du rat qui ne mène qu'à de l'insatisfaction.

– C'est plus possible de vivre comme ça, on a vraiment des vies de cons, il disait.

Il a vendu son appartement et s'est acheté une petite maison isolée au bout d'un étroit chemin d'une forêt des Vosges, sans eau courante, sans électricité, avec toilettes sèches en extérieur ainsi qu'un mulet pour aller faire ses courses au village et, probablement, avoir un peu de compagnie. La première année je suis allé le visiter, un court séjour fort dépaysant aussi efficace qu'une retraite en monastère pour se purger et se recentrer. Nous passions nos journées à pêcher, chasser et couper du bois puis de longues soirées à deviser devant l'âtre. Je n'eus aucune nouvelle durant tout l'hiver et lui rendis de nouveau visite au printemps. La cabane d'aisances était maintenant adossée à la maison.

– Oui, je l'ai rapprochée parce que j'en avais marre de devoir m'habiller et de glisser dans la boue ou la neige pour aller chier la nuit. Là, c'est plus commode.

Les réveils restaient frais mais ils étaient compensés par le miracle de voir des bêtes sauvages s'approcher jusqu'à une dizaine de mètres de la maison.

Lors de ma visite estivale, il s'enorgueillit de sa pompe à eau toute neuve installée à quelques mètres seulement de sa porte.

– Tout de même plus pratique que d'aller remplir trois seaux d'eau par jour à la rivière.

Et effectivement, pour faire la vaisselle ou se laver (à l'eau froide), fini le rationnement, il suffit de pomper et l'eau jaillit comme par enchantement.

Quelques mois plus tard, en décembre, l'âtre était remplacé par un poêle à bois d'une redoutable efficacité.

– C'est incomparable, ça chauffe dix fois plus et ça consomme moins de bois. J'en ai profité pour faire quelques travaux d'isolation, la maison était une vraie passoire énergétique.

En mars, l'âne s'était trouvé un nouveau propriétaire et il l'avait remplacé par un vélo VTC à onze vitesses.

– Fallait le nourrir, s'en occuper… Et en plus à vélo je suis à vingt minutes aller-retour du village. Avec l'âne je mettais une heure.

À l'été suivant, des canalisations faisaient carrément venir l'eau dans la maison avec une évacuation enterrée d'eaux usées vers la rivière. Un énorme progrès.

– Le mec qui a inventé le robinet, quand même, on peut dire que c'est une flèche. C'est génial quand on y pense.

En octobre, j'étais venu, comme à chaque fois, avec deux cartons remplis de bougies, en plus des sacs de trente kilos de patates, c'était ma petite contribution à un monde dépollué.

– Tu peux laisser les cartons dans la bagnole, regarde.

Et la lumière fut.

– Ils m'ont raccordé à l'électricité il y a dix jours. Génial, non ?

Enfin, bref, pendant trois ans, chaque fois que je suis passé le voir, il y avait un truc en plus lié au confort. Maintenant il a des radiateurs dans les deux pièces, une baignoire, le câble, une télé de quarante pouces, Internet et un 4x4 Suzuki, « à cause du chemin il me fallait une traction quatre roues, tu comprends ». C'est ce qu'on appelle faire un retour aux fondamentaux.

Le baron

Du plus loin que je me souvienne, j'ai toujours levé les yeux pour regarder mon frère aîné. Cet homme engagé qui, à douze ans, et au grand désespoir de notre père chirurgien-dentiste, distribuait des tracts de la LCR à la sortie du métro. Pour moi, il a été l'aîné intelligent, cultivé, d'une grande habileté d'argumentation, parvenant presque toujours à coincer son contradicteur dans une impasse. Le débat fut l'affaire de toute sa vie. Contrairement à moi, il a fait de brillantes études et a démarré à vingt-sept ans une carrière fulgurante comme chef de cabinet du ministre de la Culture. Il a publié de nombreux essais jusqu'à devenir un intellectuel, d'abord socialiste, puis de centre droit, défenseur d'un rationalisme très pragmatique, dont les écrits et la parole font l'objet d'une sincère attention. À cinquante ans, c'était un homme que l'on consultait, comme on en voit souvent sur les plateaux de télévision. Je ne sais pas si on peut appeler cela de la dépression mais, depuis quelques années, ses convictions se sont relâchées, son désir de convaincre émoussé et, comme un drapeau n'est plus tenu par le vent, je l'ai vu perdre sa verve et porter sur les affaires, le monde et l'état de notre pays un regard de plus en plus lointain, désabusé, écœuré. Il y a un an, lors de notre déjeuner hebdomadaire, je l'ai à peine reconnu. J'avais l'impression d'avoir face à moi un homme contraint de reconnaître la victoire de l'ennemi.

– Tout le monde ouvre sa gueule pour dire tout et n'importe quoi, s'est-il désolé. Ce n'est pas tant que le niveau du débat baisse, c'est que la nuance, la pertinence, la subtilité sont devenues inaudibles.

– Mais enfin Adrien, tu ne vas pas te plaindre que le débat se soit démocratisé !

– Cette ère de l'opinion dans laquelle nous vivons est devenue insupportable. Notre démocratie en sort affaiblie. Cela ne fait qu'hystériser notre société, c'est dangereux.

– Dire ce qu'on pense n'est plus réservé aux élites et c'est un progrès.

– Non, la cacophonie n'est en rien un progrès.

– Elle permet au moins à des tas de gens d'avoir le sentiment de participer à la vie collective de ce pays et de ne plus être des hommes ou des femmes qui subissent ce que d'autres estiment être le meilleur pour eux.

– Eh bien, qu'ils continuent de barboter dans leur sentiment.

Peu de temps après, mon frère s'est littéralement retiré de la vie intellectuelle en cessant de répondre aux sollicitations des médias, d'écrire, de se montrer, et en publiant une dernière missive sur Twitter qui fit couler beaucoup d'encre : #fermetagueule. Depuis, il n'a plus quitté sa maison de Charente-Maritime quand femme et enfants ont continué d'affronter leur quotidien parisien, et il n'a plus prononcé une seule parole. Je suis allé lui rendre visite une dizaine de fois pour tenter de le ramener à la raison ou, au moins, à sa vie de famille. En vain. Nous nous sommes préoccupés pour sa santé mentale mais un psychiatre que ma belle-sœur a elle-même fait venir pour le forcer à se faire évaluer a estimé qu'il n'y avait pour l'instant pas lieu de s'alarmer même s'il fallait toutefois le surveiller de près. Durant ces derniers mois nous ne communiquions plus que par textos, il refusait de répondre aux appels ou de parler au téléphone. Ce week-end, je me suis inquiété et je suis allé le voir sans lui demander son consentement. Je l'ai trouvé sur le pas de sa porte, assis sur une chaise de jardin, affublé d'un chapeau melon et vêtu d'un costume en pied-de-poule et d'un gilet jaune canari. Je me suis assis à ses côtés et je lui ai longuement parlé comme on propose son bras à quelqu'un qui a du mal à marcher. Il me répondait parfois en gonflant les joues pour en faire sortir un pet long et sonore. J'ai été saisi autant de peur que de tristesse. Sans doute l'a-t-il compris, alors il s'est levé, est allé chercher un carnet sur lequel il a écrit : « La seule lecture de l'humanité qui vaille est celle du baron. »

Puisqu'il me provoquait, je l'ai pris au mot. C'est lui qui m'avait fait découvrir Romain Gary en glissant dans ma valise, la veille d'un séjour linguistique en Espagne, *La Promesse de l'aube*. Je n'ai jamais pu rivaliser avec lui sur la lecture mais sur la ligne Gary, je suis allé plus loin que lui. J'ai alors pris son carnet et j'ai écrit : « Le baron est un idéaliste et les idéalistes, comme l'a écrit Gary et comme tu le sais, sont des fils de pute qui trouvent que le monde n'est pas assez bien pour eux. » Et je suis parti. Avant que j'atteigne le petit portillon du jardin je l'ai entendu prononcer :

– Des « enfants de pute », pas des « fils de pute ».

C'était le début de son retour.

Vivre vite

À vingt ans, quand tu as toujours les cheveux gras et que tu portes ni slip ni caleçon c'est que tu as choisi tes priorités. Ben c'était le genre de type à siffloter tout le temps, jamais peur de rien, la vie pour lui c'était une patinoire sur laquelle il faisait les figures les plus audacieuses. Ce type ne supportait pas l'eau tiède, il fallait que ça brûle ou que ça morde de froid. Avec lui tout était une question de vie ou de mort. Moi je suivais. Quand on sait pas quoi faire de sa vie et qu'on croise un gars pareil, il faut suivre. De toute façon c'est toujours comme ça, y a un leader et y a ceux qui suivent. Moi je suis celui qui suit, j'ai pas assez d'imagination pour prendre les choses en main.

Cette journée avec lui avait été comme qui dirait mouvementée. On a d'abord zoné toute la matinée sur un scooter trois roues Piaggio MP3 « emprunté » au mec de sa sœur chez qui on avait squatté pour la nuit. Ben a profité qu'il soit sous la douche pour se servir dans le saladier de clés et on est partis sans dire au revoir. En passant devant une cité du sud de Lyon il m'a demandé de m'arrêter. On va se refaire un peu, il a dit, laisse le contact allumé, je reviens dans cinq minutes. En l'attendant sur le véhicule je me suis demandé ce qu'il allait encore nous trouver comme flip-flap vrillé pour pimenter la journée. Mais quand il est ressorti un sac sur l'épaule et tenant un gamin en joue j'ai vu l'avenir comme des ténèbres peuplées de chauves-souris sanguinaires. Il faut dire que braquer des revendeurs au Beretta 92 n'est sans doute pas l'idée la plus lumineuse du siècle. J'ai vu le moment où j'allais finir ma vie comme on glisse sur une peau de kiwi, le truc débile, tout à fait évitable, la mort la plus stupide du règne animal, même un pingouin meurt pas comme ça. Après on a roulé comme des dingues pendant une demi-heure avec une armée de Huns aux fesses mais on a réussi à les semer. On a lâché le gosse dans une zone pavillonnaire puis on a encore foncé à l'instinct pour se retrouver devant une gare dans un bled que je connaissais pas, Rive-de-Gier ou quelque chose comme ça. On a vu un train s'arrêter, il a demandé où il allait à un type en uniforme SNCF, Saint-Étienne a répondu le gars. On a sauté dedans et on s'est retrouvés dans un wagon pratiquement vide, juste une dame d'une soixantaine d'années avec une petite fille.

C'est venu progressivement, ses lèvres se sont écartées doucement, comme un jour qui se lève après l'Apocalypse, comme la vie gagne un combat contre la mort. Puis il s'est mis à rire, à rire sans plus pouvoir s'arrêter, son corps entier était pris de secousses, il se tapait les poings sur les genoux, la tête contre la vitre, il pouvait plus se retenir, un fou rire incontrôlable. Moi, j'étais en face de lui, hébété, les mains tremblantes, sans trop savoir où j'étais, ce qui venait de nous arriver, sans rien comprendre, sans comprendre si mon poteau n'était pas devenu complètement cinglé. J'avais aucune envie de rire moi, quand on vient de frôler l'irréparable on a aucune envie de rire, enfin je veux dire les gens normaux, les gens qui tiennent à la vie ils rient pas, ils ont juste mille questions qui s'électrisent dans leur tête, ils sont paralysés, pétrifiés par une peur rétroactive qui les mène au bord de l'évanouissement. Mais ma peur elle était pas seulement de ce qu'on avait risqué, c'était lui, surtout, qui me faisait peur, parce que ça va être quoi la prochaine étape, je me disais. Si on part du principe que les gars comme lui en ont jamais assez, qu'il leur en faut toujours plus, toujours plus d'adrénaline, plus de cœur qui cogne en bélier dans la cage thoracique, de shoot de sensation forte, où est-ce que ça va finir ? C'est quoi le prochain palier ? Descendre dans la fosse aux lions du zoo de Beauval ? Aller en Corée du Nord et chier sur un portrait de Kim Jong-un devant un commissariat de police ? Je regardais mon copain et je me disais que j'avais plus le choix, que nos routes allaient bientôt se séparer. J'étais un petit voyou moi, juste un petit boutiquier de la délinquance, pas un kamikaze. C'était certain, je pouvais pas continuer à le suivre. C'est fini, je me disais, avec lui c'est fini.

Quand il s'est arrêté de rire il s'est jeté sur le sac comme quelqu'un qui en aurait oublié l'essentiel. Il l'a posé en face de lui puis il m'a regardé avec un air malicieux. C'était le moment de vérité, on allait enfin connaître le prix de la folie. Il a ouvert et là, ça rigolait plus du tout. Même la Vierge avait pas une chatte aussi belle ! Il y avait au moins quatre ou cinq cents billets là-dedans, de dix, de vingt, de cinquante et même de cent, certains étaient en liasse avec un post-it sous l'élastique qui les rassemblait, mille, cinq cents, deux mille… À vue d'œil j'aurais dit dix ou douze mille mais j'étais pas comptable moi, je savais pas évaluer ces trucs-là. Il a lentement enfoncé sa main dans le sac et il en a tiré une grosse poignée, il l'a regardée avec la même tête qu'on doit faire quand on trouve de l'or et il l'a fourrée dans la poche intérieure de son blouson, puis il a repris une grosse poignée et me l'a tendue. J'ai pris les billets j'ai fait des tas, cinquante, vingt, dix. Cinq cent soixante euros. En une poignée, cinq cent soixante euros.

On est arrivés à Saint-Étienne vers 15 heures. On s'est d'abord offert un petit gueuleton dans un restau près de la gare. Moi j'ai pris ce qui me faisait plaisir mais lui, il a choisi ce qu'il y avait de plus cher.

– Tu vois, j'aime pas le poisson mais là, je vais me taper une sole, il a dit.

On s'est offert la meilleure bouteille aussi, qu'on a même pas finie. C'est ça le luxe, ne pas finir le pinard.

Ensuite on a traîné en ville et on s'est acheté quelques fringues et un gros sac pour y mettre le surplus. Du confortable mais du chic aussi, des fois qu'on voudrait aller en boîte. À la nuit tombée j'ai eu un énorme coup de pompe, j'ai suggéré qu'on se trouve un hôtel.

– Tu rigoles, on va quand même pas crécher à Saint-Étienne, y a rien ici. Puis j'ai envie de voir la mer. La vraie. L'Atlantique.

– T'es pas sérieux, on va pas se cogner cinq heures de train ?

– Qui te parle de train ? C'est moi qui conduis, tu pourras roupiller.

On a attendu deux heures dans un troquet minable qu'il fasse vraiment nuit, puis vers 11 heures il a donné le signal de lever le camp. Il ne lui a pas fallu plus d'une demi-heure pour nous dégoter une voiture, une Peugeot 508, très classe. J'ai dormi pendant tout le trajet. On est arrivés à l'aube à Lacanau. On a traversé un lotissement de résidences secondaires, toutes volets fermés, j'ai trouvé ça sinistre. C'était chic pourtant, de belles bâtisses sous des pins sylvestres. J'avais envie de me poser, j'avais envie d'une maison, d'une femme, d'un enfant et d'un chien, de PSG-OM sur écran plasma et d'un boulot tranquille. Mais là, quand je me suis dit « un boulot tranquille », j'ai essayé d'imaginer quel boulot et j'ai pas trouvé. En fait j'avais envie d'un boulot tranquille mais pas envie de bosser. Je voulais juste arrêter de vivre à cette vitesse, tout le temps dans la fuite, un an que ça durait, un an à bouger sans répit, à dormir dans des maisons vides, à squatter chez des punks à chiens, à se planquer chez des gitans, à repartir, sans cesse. Il s'est garé au bout d'une route qui longeait la mer. Ben n'avait pas dormi de la nuit, comme c'est arrivé vingt fois, cinquante fois dans l'année, je comprenais pas comment il tenait, ce type était comme ces requins toujours en mouvement qui se noient s'ils arrêtent de bouger. Arrivé en haut de la dune il a poussé un cri de Mohican et il s'est désapé.

– Viens, il a dit, ça va te dérider.

J'ai juste fait non de la tête et je me suis assis dans le sable. Il a couru comme un gosse et il s'est jeté dans les vagues. L'eau devait être à douze, quatorze degrés maxi. Rien d'anormal à ce que ce type se baigne dans un océan glacial, tout ce qu'une personne sensée se refuse à faire, lui, il y va, comme par réflexe. Je le voyais marsouiner dans ce petit matin d'avril et je me disais que bientôt ma vie allait changer, que bientôt je dormirais au chaud tous les soirs, sans avoir à me préoccuper de mes repas, avec des gens qui organiseraient mon quotidien pour moi et rien d'autre à foutre que faire des mots fléchés ou regarder la télé. Bientôt la poussière allait retomber sur ma vie, au moins pour quelques mois ou années, et c'était très bien comme ça. Au fond de moi, c'est presque ce que je désirais. J'en ai pas parlé à Ben, ça servait à rien, ça l'aurait énervé, même s'il savait très bien à qui il avait affaire avec moi, que je n'avais pas autant de cran que lui et que si j'étais suiveur c'était justement pour ça, pour une histoire de cran.

On a glandé toute la journée en traversant des bleds déserts, en allant voir par là ce qu'il y avait, en retournant sur nos pas, en s'arrêtant, en repartant, on a roulé quoi, pour faire passer le temps. J'en pouvais plus de ces journées interminables à musarder comme une bête cherche de quoi se nourrir. Le soir on est revenus au lotissement de rupins, on s'est choisi une maison plus isolée que les autres. Ben a forcé un volet avec le cric de la voiture puis a cassé une vitre. C'était facile. On est entrés, on a refermé le volet et on a cherché le tableau d'électricité. On avait eu du pot, souvent les maisons sont vides avec rien dans les placards, mais là, c'est comme si les proprios venaient de s'absenter. Le congélateur était plein de bouffe, dans la salle à manger un buffet était rempli d'alcool, même les lits étaient faits. Ben fouillait les chambres pendant que je découvrais chez qui on était, je regardais les livres, les magazines, les photos, les jeux de société, j'ouvrais les tiroirs. Ça raconte des choses tout ça. Chaque fois qu'on entre dans une maison on l'inspecte de fond en comble et ensuite on s'amuse à imaginer la vie des gens, on cherche des indices qui pourraient nous faire gamberger, on leur donne des noms, des métiers, une sexualité. Derrière le canapé il y avait une chaîne hi-fi avec plein de CD et de vinyles. J'ai fait défiler les disques sous mes doigts et je suis tombé sur ce qu'il fallait pas, la bande originale du film de Carlos Saura, *Deprisa, deprisa*. Ce disque, mon père l'avait. Y a tout un tas de trucs qui sont remontés, des images pas recommandées quand on est au bout du rouleau. C'était pas le moment de repenser à tout ça mais ça se commande pas papa. Il était mort cinq ans auparavant et c'est juste après son décès que j'ai décroché scolairement et pris la route du nulle part, parce que ma mère aussi a perdu l'équilibre, elle aussi c'était une suiveuse. Subitement, l'avenir s'est limité à ne plus pouvoir dépasser les vingt-quatre heures. Mon père avait vécu en Espagne de 78 à 83 et il parlait de cette période comme de la plus belle de sa vie. Une jeunesse pleine d'imprévus, de rencontres et d'excès mais lui, il avait su en revenir. À la maison, dans mon enfance, on n'écoutait pas de la techno naissante, du rap ou de la variété mais plutôt des choses comme Triana, Radio Futura, Los Chunguitos, Lole y Manuel, El Camarón de la Isla et tout ce qui avait fait danser la nouvelle vague espagnole, juste avant la Movida. Alors ce disque, évidemment, ça m'a ramené au meilleur de ma vie, à des moments qui avaient du sens. Je l'ai mis sur la platine et j'ai déposé le saphir sur les sillons, le volume en sourdine. Je me suis allumé une cigarette et enfoncé dans un fauteuil.

Si me das a elegir
Entre tú y la riqueza
Con esa grandeza que lleva consigo
Ay amor, me quedo contigo
Si me das a elegir
Entre tú y la gloria
Pa' que hable la historia de mí
Por los sig...

– C'est quoi cette soupe ? a gémi Ben en entrant dans le salon.

– Ta gueule.

– Qu'est-ce t'as ? Tu veux qu'on se tire une balle ou quoi ?

– Ta gueule j'te dis.

– Tu veux un verre ? il a demandé en ouvrant le buffet.

– Non... Si, donne-moi ce que tu veux.

Il nous a servis et il est allé jeter deux steaks hachés dans une poêle. On a mangé en silence, putain t'es pas Schweppes ce soir, il a dit, et Dieu merci il tombait de sommeil. Il est monté rapidement, ça m'arrangeait parce que j'avais aucune envie de me le fader toute la soirée. J'ai bu quelques verres en écoutant la musique de mon père, j'étais bien. Bien comme quand on sait que c'est bientôt fini, que c'est plus qu'une question de jours ou de semaines. Quand l'alcool a commencé à faire son effet j'ai mis le casque et monté le volume. J'ai peut-être écouté le disque cinq ou six fois, les yeux fermés, pour mieux voir les années heureuses. Puis je me suis endormi sur le canapé.

Il devait être 6 heures et demie quand j'ai entendu des grands coups. Aussitôt je me suis demandé ce qui lui était encore passé par la tête, ce type était vraiment intenable.

– Putain, Ben, qu'est-ce que tu fous ?!

Les coups ont repris.

– Arrête, merde ! Il fait même pas jour.

– C'est la gendarmerie, monsieur. Ouvrez.

Je me suis levé d'un bond et j'ai tendu l'oreille. Ils ont encore frappé à la porte. J'ai enfilé mes baskets et je suis monté dans la chambre de Ben.

– Ben, réveille-toi, y a les flics en bas.

– Hein… ?

– Les flics, putain ! Y a des flics en bas !

Il s'est frotté le visage et m'a regardé comme si je le réveillais pour son anniversaire. Il s'est habillé en vitesse et m'a dit ça va chier en prenant le revolver dans le sac de sport.

– Tu vas pas faire ça quand même ? j'ai demandé.

– Tu crois quoi toi, que je vais me laisser mettre les pinces sans rien faire ?

– Ben…

Il a ouvert la fenêtre et entrouvert le volet. En bas un gendarme a essayé de parlementer avec lui.

– Monsieur, il faut sortir sagement, de toute façon vous ne pourrez aller nulle part.

– Alors viens me chercher, a crié Ben avant de tirer un coup et de refermer aussitôt la fenêtre.

Ce coup de feu, pour moi, c'était mettre un pied en Terre promise. Voilà, j'avais fait la traversée mais maintenant je descendais du navire. Je l'ai regardé recharger son arme et je n'ai rien dit. Ça servait à rien de dire quoi que ce soit, tout à coup je me suis senti extrêmement calme, plus léger que la rosée, j'avais suivi, je suivais plus. Il m'a poussé pour aller vérifier que toutes les fenêtres étaient fermées dans les autres chambres, il courait partout en faisant tomber des lampes et en claquant les portes. Moi je suis redescendu, avec un peu de bol j'aurais même le temps de me faire un café avant la fin de la partie. Je suis allé dans la cuisine, le volet était ouvert en grand, ça crevait les yeux que c'est par là qu'ils allaient arriver alors j'ai abandonné l'idée du café.

– Putain, des gendarmes ! Ils ont même pas envoyé le GIGN ces enculés ! je l'ai entendu hurler.

Je suis retourné dans le salon, j'ai allumé la chaîne, mis le disque sur la platine, posé le saphir sur la chanson de Lole y Manuel puis j'ai monté le volume au maximum. Je me suis assis dans le grand fauteuil et j'ai allumé une cigarette. J'ai entendu des coups de feu qui venaient de l'étage et d'autres de l'extérieur puis de violents chocs contre la porte d'entrée, sans doute au bélier. Dans la cuisine, pareil, tout un barouf, de vitres cassées, de chaises qui tombent. J'ai vu passer deux hommes depuis la droite et la porte d'entrée a cédé à ce moment-là. Six ou sept flics sont entrés et se sont aussitôt dirigés vers l'étage. Les gars lui hurlaient de jeter son arme mais Ben ne voulait rien entendre, il tirait, alors eux aussi. Il y a eu comme une espèce de bouquet final avec une dizaine de tirs. Et puis plus rien, plus que la chanson qui volait dans l'air comme un essaim de papillons.

Érase una vez, una mariposa blanca
Que era la reina de todas las mariposas del alba…

La ruche

C'est l'époque de l'année où la maison est pleine. Nous sommes douze à table, plus, à côté, une tablée de sept enfants. Je ne suis jamais aussi inactif que lorsqu'ils sont là. Mes filles, mes fils, mes gendres et belles-filles me retirent tout des mains, m'interdisent d'entrer dans la cuisine, c'est tout juste s'ils ne m'apportent pas mon petit-déjeuner au lit. Je ne fous rien d'autre que me laisser distraire par les conversations, les émerveillements et les jeux de mes petits-enfants. J'ai l'impression parfois d'être un vase de Chine. Mes enfants ont toujours connu cette maison, tout comme moi qui en ai hérité de mes parents. C'est un rite familial qui perdure depuis ma naissance, toute la famille s'y réunit chaque première semaine d'août. Puis elle s'éparpille et chacun va passer ses vacances ailleurs. Ensuite, je sais que j'y serai seul au moins pendant dix jours. Parfois, certains y reviennent le temps d'un week-end avant la fin de l'été, mais jamais tous ensemble. Étonnamment, j'adore cette dizaine de journées seul avec la chienne. Après avoir été une ruche la maison retrouve un silence de vieillesse dans lequel je me sens détendu. Et puis, inévitablement, la douceur fait place à l'angoisse.

Le livre de ma vie

Aujourd'hui, en rangeant les archives de mon ordinateur, je suis tombé sur le premier livre que j'ai écrit il y a vingt-cinq ans, non publié, que je n'avais envoyé qu'à quatre éditeurs. Cet ouvrage raconte les raisons qui m'ont poussé à écrire, à choisir cette voie plutôt qu'une autre, mes débuts timides, ces rencontres déterminantes, ces histoires d'amour qui vous blessent, ce passage du lecteur admiratif à l'autorisation à l'écriture, ce temps d'apprentissage, qui chez moi dura plus de vingt ans. À sa relecture je l'ai trouvé bien mieux écrit que je ne l'imaginais. Il est certes plein de maladresses et ne peut intéresser que moi (ce qui justifie la non-publication des éditeurs, pourtant encourageants, qui l'ont lu), mais j'en avais un souvenir bien plus mauvais que cela. Pourtant, si les premiers chapitres furent lus avec enthousiasme, j'ai lentement éprouvé un étrange sentiment. Au fur et à mesure de sa lecture, je sautais de plus en plus de pages, décrochais parfois au point de devoir reprendre le fil plus haut, passais certains passages. Arrivé au bout du manuscrit, le constat fut cinglant et troublant. Ce n'était pas tant le livre que je jugeais que ma vie. Elle m'ennuyait. Et je ne sais pas si c'était dû aux faits ou à la lassitude d'une histoire que je connais par cœur.

Lettre de lectrice

Monsieur,

Veuillez trouver ci-joint une trentaine de textes écrits par mon mari. Cela fait pas loin de quinze ans qu'il en écrit et il doit en posséder au moins cinq cents. Il n'a jamais voulu les faire publier parce qu'il considère les éditeurs comme des charognards qui se repaissent sur les carcasses des écrivains. Il dit que ce sont tous des enculés mais n'en a jamais croisé un. Vous qui en connaissez, confirmez-vous cette opinion ? En fait, je crois qu'il a essayé de se faire publier avant que l'on se rencontre et qu'il s'est pris un râteau. Moi, j'aime bien ce que vous écrivez, alors je lui ai fait lire quelques-uns de vos livres. Il a dit, ouais, c'est pas terrible, y a deux ou trois trucs pas mal mais pas de quoi s'exciter. Je lui ai aussi fait lire Jauffret (je pense que vous avez lu ses *Microfictions*), là il a carrément dit que c'était de la pure merde mais c'est parce que Jauffret passe à la télé et pas lui. Il ne loue que les écrivains morts. Vous, vous êtes encore un peu épargné parce qu'on ne vous a jamais vu sur le petit écran. Gardez-vous bien d'y aller car vous passeriez alors de « pas mal » à « à chier », c'est sûr. Je serais curieuse de savoir ce que vous pensez de ses textes, dont le style, l'univers sont assez proches du vôtre. Si vous connaissez des revues susceptibles de les publier n'hésitez pas à leur transmettre, je pense que même s'il s'en défendait mon mari en serait flatté.

Bien à vous.

Réponse d'auteur

Madame,

J'ai bien reçu votre courrier du 16 mars accompagné des textes de votre mari. Je les trouve très bons. Vous avez bien fait de me les adresser, figurez-vous que je dois rendre un manuscrit dans une dizaine de jours et que j'étais à court de textes. Mon année a été compliquée et j'ai manqué de temps pour écrire, j'étais donc sur le point de rendre à ma maison d'édition un livre plutôt mince, ce qui me contrariait. Grâce à vous je vais pouvoir atteindre la centaine de textes et ne pas égratigner l'image d'auteur fiable et sérieux qui est la mienne. Vous trouverez ci-joint un chèque de soixante euros (je l'ai fait à votre nom, n'ayant pas celui de votre mari, mais je vous laisse vous débrouiller ensemble). Deux euros par texte vous paraissent sans doute peu mais pour un auteur totalement inconnu (et qui en plus va le rester) on est dans une fourchette plutôt haute. Ne me remerciez pas, c'est tout à fait naturel, pour être passé par là je sais ce que vit votre mari et je suis très sensible à la solidarité entre auteurs.

Pour ce qui est de savoir si les éditeurs sont des enculés, je ne serais pas aussi catégorique. Disons qu'il leur arrive de manquer de tact mais il faut bien comprendre qu'ils ont leur part de soucis. Les auteurs en revanche, là, oui, on peut affirmer que certains sont de vrais enculés. Notamment ceux qui ne prennent pas la peine de répondre aux lecteurs (ce qui n'est pas mon cas, comme vous pouvez le constater).

Vous comprendrez que je ne signe pas ce courrier, ne le prenez pas contre vous mais on n'est jamais à l'abri de gens malhonnêtes qui vous assignent devant les tribunaux pour un oui ou pour un non.

Bien cordialement.

Dix-sept minutes

Je l'avais rencontré sur Grindr, pour ça les homos, on a de la chance, quand une envie devient pressante, en deux trois clics on peut l'assouvir. Je suis célibataire depuis longtemps alors à défaut d'avoir l'amour, je ne me prive pas pour le sexe. C'est tellement facile. Il avait vu ma photo, moi la sienne, on avait échangé quelques banalités par textos, il logeait dans un hôtel à trois rues de chez moi, j'avais deux heures à tuer, et donc aucune raison de ne pas m'offrir un plan. Je lui avais envoyé un dernier message juste devant la porte de l'hôtel, il était 18 h 39, je me suis annoncé au desk, ils l'ont appelé et m'ont dit que je pouvais monter. Quand il a ouvert la porte, j'ai tout de suite compris à son expression qu'il était déçu, sur ce genre d'appli on ne met que des photos qui nous mettent en valeur, c'est le risque. Trop bien et on s'expose à décevoir, pas assez bien et on est peu contacté. Je connaissais ça par cœur et ne m'en formalisais pas. Cela m'était arrivé souvent de trouver un décalage trop grand entre le cliché et la réalité. Il était en slip, très bien foutu, moi il me convenait parfaitement, mais la gêne était palpable de son côté. Il m'a tout de même fait entrer. On a dû échanger trois mots, pas plus, puis il s'est allongé sur le lit. J'ai enlevé ma veste et mes chaussures et me suis étendu près de lui.

[...]

C'était soft, mais agréable. Après ça on s'est juste souri, sans rien avoir à se dire. Je me suis levé et rhabillé pendant qu'il consultait son téléphone.

– Bon, il faut que j'y aille.

– OK.

– Salut.

– Salut.

Quand je suis ressorti de l'hôtel j'ai regardé mon portable, il était 18 h 56. En tout, dix-sept minutes. Et je suis rentré chez moi comme on sort d'un McDo après une petite faim, en pensant à autre chose.

Des piranhas dans un aquarium de onze mètres

Je connaissais ce garçon depuis le pensionnat. Pendant vingt ans, sans pour autant être proches, nous ne nous étions pas perdus de vue. Il avait fait une fortune fulgurante dans l'exportation de cognac et entretenait une passion insatiable pour le cinéma. À quarante-trois ans, il vendit son affaire et décida de devenir producteur. Il ne connaissait rien de cette profession ni personne de ce milieu mais cela ne l'effraya pas le moins du monde. Entreprenant, volontaire et combatif, il n'était pas le genre d'homme à avancer timidement. Un jour, il me téléphona pour m'inviter à déjeuner. Je vais sans doute avoir besoin de toi, me dit-il laconiquement. Moi, on pouvait affirmer, tout comme pour lui, que j'avais réussi. J'avais travaillé pour les plus grands réalisateurs et signé les décos des meilleures séries européennes. Je fus nommé sept fois aux César et reçus deux fois le trophée. Lors de ce déjeuner dans le jardin raffiné d'un palace cinq étoiles, il m'apprit être en contact avec un scénariste que tout le monde s'arrachait et qui planchait sur une idée que mon ami lui avait soumise.

– Ça avance bien, me dit-il. Lors de mon dernier voyage à New York, j'ai rencontré Michael Cimino, je lui ai parlé du projet et fait lire un synopsis, il est emballé et veut faire le film. On est en contact depuis deux mois et il vient à Paris cette semaine.

– Et alors ? C'est formidable, pourquoi tu as besoin de moi ?

– Parce que je n'ai pas de bureaux. Je n'ai pas encore déposé les statuts de la société et je ne peux quand même pas le recevoir chez moi, ça ne ferait pas très sérieux. J'ai besoin qu'ils se sente en sécurité et, comment dire…

– Impressionné ?

– Voilà.

– Tu as conscience qu'il est difficile d'impressionner un type de cette stature ?

– Oui, c'est pourquoi les locaux de ma société doivent dégager quelque chose de solide avec… un passif.

– Et tu voudrais que je me charge de la décoration des locaux ?

– C'est ça.

– Tu as une adresse au moins ?

– Oui, ma sœur vient de vendre pour le compte de sa société un appartement avenue Hoche. La promesse a été signée mais la vente se fera dans trois mois. Il est vide, j'ai récupéré les clés et les propriétaires vivent en Nouvelle-Zélande, c'est sans risque. Il faudrait aussi me trouver un ou deux collaborateurs, une secrétaire, enfin, que ça fasse vrai. Tu as trois jours. Ton budget sera le mien.

La chance voulut que je venais d'achever la décoration d'un film et n'entamerais pas la suivante avant un mois. Non seulement ça m'occupait, mais ça m'amusait.

Trouver le mobilier fut assez simple, une grande table ovale en chêne, quelques fauteuils club et un canapé Chesterfield pour son bureau… Je fis confectionner par mon meilleur sculpteur une statuette d'Ophir, et une seconde de Nika (choisir un Goya ou un BAFTA était trop risqué), je reproduisis et mis sous verre une récompense rédigée en danois des Bodilprisen. Je n'eus aucun mal à créer des photos de lui en compagnie de Mads Mikkelsen, George Clooney, Penelope Cruz et Gérard Depardieu. Je mis aux murs quelques faux Dufy, Foujita ou Mondrian. Je choisis une moquette très épaisse, récupérai des imitations de vases Lalique et de lampes de Poul Henningsen dont je m'étais servi pour des tournages antérieurs. Il fut enchanté du logo de sa société fictive Les Films du Capricorne que je fis imprimer sur des cartes de visite, du papier à en-tête, des enveloppes ainsi que de quelques affiches de films classiques et deux de ses propres supposées productions. Je récupérai plusieurs iMac 21 pouces et imprimantes hors service, une bibliothèque remplie de faux scénarios ou de livres sur le cinéma… Je lui proposai aussi un aquarium de onze mètres de long rempli de piranhas mais il refusa, prétextant que cela ne renvoyait pas un bon message. Pour les figurants, je fis appel à trois comédiens, une amie de longue date qui courait après les cachets pour interpréter sa secrétaire, un faux comptable et un chargé de production plus vrai que nature, trentenaire, barbu, végétarien, chaussé de Stan Smith et tirant sans relâche sur une cigarette électronique. Pour cinq mille euros, il pouvait se faire passer pour un producteur digne de ce nom. Au deuxième jour à minuit je lui fis visiter les locaux flambant neufs de sa nouvelle société. À la manière de ceux qui ont l'habitude de négocier de grosses affaires il contint son excitation et sa joie mais je le connaissais assez pour le savoir extrêmement emballé. Il me servit un verre de whisky japonais que nous bûmes affalés dans du cuir odorant puis me tendit mon enveloppe.

– Bravo, je n'en espérais pas mieux. C'est parfait.

La veille du rendez-vous, Michael Cimino lui envoya un SMS pour l'informer qu'il ne se rendrait pas à Paris et qu'il abandonnait le projet.

Cracher de noyaux de cerises

Il y a ceux qui savent toucher leur nez avec le bout de leur langue et il y a ceux qui ne savent pas. Il y a ceux qui savent cracher les noyaux de cerises et ceux qui ne savent pas. Il y a ceux qui savent faire la planche et ceux qui ne savent pas. Il y a ceux qui savent prendre au sérieux les bulles de savon et ceux qui ne savent pas. Il y a ceux qui savent danser la bostella et ceux qui ne savent pas. Il y a ceux qui savent se perdre dans le village où ils sont nés et ceux qui ne savent pas. Il y a ceux qui savent entendre du Debussy devant un paysage et ceux qui ne savent pas. Il y a ceux qui savent rire des catastrophes et ceux qui ne savent pas. Il y a ceux qui savent mépriser leurs tourments et ceux qui ne savent pas. Il y a ceux qui savent apporter une lumière dans leurs ténèbres et ceux qui ne savent pas. Il y a ceux qui savent vivre et ceux qui ne savent pas.

Déposition

À la fin, il me frappait tout le temps. Pour un oui ou pour un non, pour des trucs complètement insignifiants, comme un verre pas rangé. Les deux premières années ça a été bien. Il était gentil, il avait un peu d'argent, on allait à des teufs sauvages, au bowling, des fois à Honfleur ou à Deauville aussi. Les week-ends d'hiver, souvent, il partait à la chasse avec des copains, ça me gênait pas parce que quand il rentrait il était de bonne humeur. Mais il aimait bien se foutre minable. Autant avec l'alcool que le chichon. Quand Mathis est né il a eu un peu un double visage, hyperattentionné devant les autres et la famille, mais dès qu'on était que tous les trois il s'en occupait plus du tout. La nuit, quand le bébé criait, il me donnait des coups de pied pour que j'aille le calmer. « Tu te rends pas compte, il disait, moi je suis maçon, je suis pas esthéticienne, c'est lourd, c'est dur, je peux pas me permettre d'arriver au boulot claqué. » Et puis son patron l'a viré parce qu'il s'est fait gauler positif au cannabis au volant pendant ses heures de travail. Depuis, on n'a jamais repris une vie normale. Il passait ses journées défoncé à jouer à la Playstation ou à faire des paris en ligne. J'ai dû éponger ses dettes plusieurs fois, on s'est retrouvés avec de moins en moins d'argent. On s'engueulait tous les jours, et puis les coups sont arrivés. Au début, il s'excusait toujours après, les deux ou trois jours qui suivaient il était superdoux. Mais c'est devenu de plus en plus fréquent, et il a arrêté de s'excuser. Il punissait souvent Mathis aussi, il lui tirait les oreilles et même des fois il le frappait. Moi j'essayais de masquer les bleus et les ecchymoses avec du blush mais au taf tout le monde voyait bien que j'en prenais plein la gueule. C'est Katie qui m'a ouvert les yeux. Elle me disait qu'y avait aucune raison que je continue à supporter un mec pareil, que l'amour, le couple, c'est pas fait pour ça. Que j'avais plus le choix, qu'il fallait que je le quitte. Le week-end d'après je lui ai dit que c'était fini. Là, il m'a carrément défigurée, jamais il avait frappé autant et aussi fort. « Je te laisserai pas partir avec Mathis, il hurlait, où que tu ailles je te retrouverai et je te fumerai. » Alors j'ai pas osé partir. Et ça a duré comme ça pendant trois ans. Au bout d'un moment j'ai compris qu'il restait qu'une seule solution. Quand Katie a vu ma tronche un lundi, elle m'a dit qu'elle était prête à m'aider, et pour me convaincre elle a ajouté qu'en France, chaque année, y a une centaine de personnes dont on peut pas identifier le corps. Quand on retrouve le corps, elle a précisé. Alors on a réfléchi à comment faire.

Elle m'a trouvé du Seresta par une copine à elle qui travaille dans un Ehpad et on lui a fait croire qu'on allait faire un plan à trois. Je savais qu'il serait carrément pour vu qu'une fois il a essayé de la serrer, c'est elle qui me l'a dit. On a mis Mathis chez ma mère et Katie devait arriver vers 19 h 30. Il était chaud comme la braise, il avait acheté de la tequila, des citrons verts pour qu'on se fasse des shots. C'est elle qui avait pilé le médoc et préparé les tequilas sunrises, il s'est endormi en quinze minutes. On l'a traîné jusqu'au garage et j'ai essayé de l'étouffer avec un oreiller mais j'ai pas réussi, il se débattait trop. Alors je suis allé chercher sa mallette de découpe du chasseur que je lui avais offerte à Noël, j'ai pris le couteau le plus long et le plus fin et j'ai positionné la lame sur sa poitrine et j'ai appuyé de tout mon corps, comme ça, en m'allongeant pratiquement sur lui. J'ai enfoncé la lame trois ou quatre fois pour être certaine d'atteindre le cœur. Katie épongeait le sang en même temps pour que ça laisse le moins de traces possible, ce qui était complètement débile vu qu'il était allongé sur une bâche qu'on avait prévu de brûler. Quand il est mort je suis remonté chercher la tequila et on a trinqué. C'est bizarre le sentiment que j'avais, j'ai tout de suite pensé que quand tout ça serait fini je pourrais mater un film tranquille sans qu'on vienne me faire chier ou me cogner. Le truc que j'avais le plus envie c'était de m'enfiler ma combinaison Pikachu en laine polaire et de bouffer des bonbons devant la télé. On l'a déshabillé et pour détendre un peu l'ambiance Katie a dit que c'était dommage de buter un mec qui a une si belle queue. C'est la seule chose que je regretterai parce qu'à ce niveau-là c'était bien avec lui. Elle a pris un couteau et elle a fait une entaille juste sous l'épaule. Après elle a commencé à lui scier le bras. Je pensais que ce serait plus dur mais en fait ça a été assez rapide. On a coupé les quatre membres et la tête. Elle est allée chercher le hachoir à viande de boucher dans sa voiture, on voulait lui broyer les mains à cause des empreintes mais ça a pas marché, on pensait que c'était assez puissant pour casser des petits os mais en fait non. Après, on a mis son corps dans le bidon de tôle et on a vidé les dix bouteilles d'hydroxyde de sodium. On a nettoyé le hachoir et je l'ai rangé dans un carton pour le vendre sur Leboncoin, on a plié la bâche qu'on a mise dans un gros sac en plastique. On a bu encore deux ou trois verres et elle est partie. Je suis allée me doucher, j'ai enfilé ma combinaison Pikachu et j'ai maté la télé jusqu'à 2 heures environ. C'est Katie qui s'est chargée de brûler la bâche le lendemain soir dans la forêt de Lyons, moi j'ai récupéré Mathis et je lui ai dit que papa était parti et que maintenant on allait vivre que tous les deux. Je l'ai tout de suite mis devant un dessin animé pour pas qu'il pose trop de questions. Le lundi j'ai mis l'annonce sur Leboncoin pour le hachoir et le gars est venu l'acheter le jeudi soir. Le samedi il m'a téléphoné et m'a dit qu'en le démontant pour le désinfecter il avait trouvé un bout de doigt dedans, j'ai répondu que je savais pas de quoi il parlait et j'ai raccroché. Puis il vous a appelé. Voilà. Bon, mais il me frappait quand même. Combien je vais prendre à votre avis ?

J'hésite

Au bout de dix-huit ans de mariage une occasion comme celle-là ne se rate pas. Nous nous étions rencontrés lors du cocktail de clôture d'un salon professionnel en province. Elle avait presque vingt ans de moins que moi et ne masquait ni son désir ni ses intentions. Évidemment, elle était belle. Belle à tomber. Même dans le panneau. Lorsque nous nous sommes séparés gare de l'Est elle m'a fait promettre de l'appeler.

– Vous m'appelez, hein ? Promis ?

– Oui, promis, je vous appelle.

– Et pas dans un mois, hein. Avant. Dans deux jours par exemple.

Ou dans cinq, j'ai répondu crânement.

Alors qu'à peine la portière du taxi claquée j'avais déjà envie de le faire.

Cette histoire m'était tombée dessus au meilleur moment, quand la vie vous fait l'effet d'un train traversant une steppe interminable. Un train Pullman confortable, sécurisé, à l'allure régulière et où l'ennui protège des agressions du monde. Je n'étais pas particulièrement heureux mais ce qui est certain c'est que je n'étais pas malheureux. Je vivais dans une tiédeur lénifiante propre aux classes moyennes, qui votent au centre, mangent au centre (bio – pas bio), rêvent au centre (rien de ce qui est inaccessible ne doit être envisagé), ayant traversé le plus dur en se laissant glisser vers la retraite comme sur une piste bleue. Tout allait bien. Mon travail était sûr, j'aimais ma femme, mes enfants grandissaient sans problème, l'appartement était payé après vingt-trois ans de crédit, le compte épargne pouvait maintenant s'épaissir avec régularité. Mais là, enfin, il allait se passer quelque chose.

Autant dire que dès le lendemain j'ai eu du mal à me mettre au boulot. Quand on a une île paradisiaque dans la tête il est difficile de revenir sous des latitudes plus grises. Je ne voulais pas l'appeler trop tôt, j'avais donc deux, trois, peut-être quatre jours tranquilles devant moi, juste à rêver de la revoir. Mais l'échéance arriva vite. En roulant vers mon travail le mercredi matin je projetai de lui envoyer un texto en début d'après-midi. Non, juste avant le déjeuner, comme ça si elle répond vite, j'aurai moi aussi le temps d'entamer un échange avec elle pendant mon repas que j'irai prendre là où je suis certain de ne croiser personne. Non, si je fais ça vers midi je vais attendre sa réponse. Alors plutôt vers 16 heures, après la réunion, quand j'irai fumer une cigarette sur le toit. Ou le soir, vers 19 h 30, en rejoignant ma voiture. Mais après le boulot, c'est presque attendu. Et puis je risque de recevoir un texto pendant le dîner et ma femme me demandera qui c'est. Non, 16 heures c'est mieux. On ne s'attend pas à recevoir à cette heure-ci un message d'un homme dont on espère un signe. Oui c'est mieux 16 heures, ça surprend plus. Voilà quelles furent toute la matinée mes pensées qui se déplaçaient tel un oiseau indécis sur le choix de la branche où se poser. En rentrant du déjeuner je n'avais toujours rien envoyé. Et après la réunion je savais que j'aurais trop de travail pour répondre avant le soir. Et le soir, je ne voulais pas, pas à la maison. Et en me couchant je n'avais toujours rien fait. Et en fermant les yeux je me promis de le faire le lendemain matin. Demain, tu l'appelles. Tu l'appelles, on est d'accord ? Je l'appelle.

Je roulais sur le périphérique quand mon téléphone bipa. C'était elle : On avait dit pas plus de deux jours. Vous savez vous faire désirer vous ! Merde, elle a dégainé plus vite que moi. Qu'est-ce qu'elle va s'imaginer ? C'est sûr, elle va croire qu'elle ne m'intéresse pas et lâcher l'affaire. Non, en fait, c'est bien que ce soit elle qui soit venue vers moi. Ne rien laisser paraître, instiller le doute, l'assurance pour moi et la fragilité pour elle. Putain, là, il fallait que je réponde. J'avais rendez-vous à 9 h 30 et j'étais en retard. Ne pas le faire dans la précipitation. Après. Je répondrai après mon rendez-vous. Au calme. J'en suis ressorti à 11 h 20 et là, sur mon bureau, une urgence. Un client avait essayé trois fois de me joindre dans la matinée. Impossible de ne pas le rappeler immédiatement. Merde ! Merde, merde, merde ! C'était certain que maintenant elle se demandait pourquoi je ne répondais pas. Ne pas la faire mariner, je n'aimerais pas, moi, qu'on me fasse mariner. Bon, la rassurer alors : Pardon, je suis débordé depuis lundi, je vous appelle en fin de matinée. Non : … je vous appelle à l'heure du déjeuner. Non : … je vous appelle dès que possible. Non : … je vous appelle vite. J'ai hâte de vous revoir. Non : … je vous appelle vite. Je vous embrasse. Non : … je vous appelle vite. Bises. Non, merde, merde, merde : heu… je vous appelle vite. Promis. Oui voilà, je me relis. Une fois, deux fois, trois fois : Pardon, je suis débordé depuis lundi, je vous appelle vite. Promis. C'est sec. Et puis « vite », ça ne veut rien dire. Oh merde, j'ai pas le temps là, je dois rappeler le client. MAINTENANT ! J'envoie.

Pendant le déjeuner j'ai compris que j'étais ferré. Ça y est, je me suis dit, tu es un amant, tu as une maîtresse. Ça a gonflé comme un soufflé dans son four. Tu vas tromper ta femme, il n'y a plus aucun doute là-dessus. C'est ça que tu veux ? Tu veux vraiment tromper ta femme ? Tu désires cette fille au point de mettre ton couple en péril ? Tu ne la connais pas, tu ne sais rien d'elle, si ça se trouve… Et puis pourquoi tu irais voir ailleurs ? T'as jamais voulu aller voir ailleurs, alors qu'est-ce que tu fous ? Et là, j'ai imaginé une scène série B, un scénario médiocre et mille fois vu. Ma femme me faisant une scène, en pleurs, prenant les enfants à témoin, brisant des lampes et des vitres, alors qu'au contraire ma femme serait plutôt du style à me foutre dehors avec un regard d'acier. Mais je ne sais pas, je trouvais ça plus romanesque de visualiser une déchirure dramatique avec des cris, des coups, des larmes. Je m'imaginais avec l'impassibilité d'un Clint Eastwood, mutique, droit, dur, sortant de chez moi d'un pas lent et assuré pour rejoindre ma Sharon Stone alanguie sur des draps de soie. J'ai beaucoup gambergé pendant ce déjeuner, mais je n'avais toujours pas répondu. Le lendemain, le peu de temps que me laissait mon travail je me remettais à tergiverser, tout à l'heure, pas tout de suite, et, au lieu de l'appeler, à nous imaginer, une après-midi, dans un petit hôtel que j'avais repéré galerie Vivienne. Le surlendemain, pareil, à me tortiller, à jauger le désir, ses conséquences, à me demander si ça vaut le coup, si ça vaut VRAIMENT le coup. Bien sûr que ça valait le coup, pour une femme comme ça on fonce, les yeux fermés, n'importe quel homme ferait ça. C'est normal, c'est humain. Si ma femme se faisait draguer par un type magnifique de vingt ans de moins qu'elle, elle irait, parce que personne ne manque une occasion de se faire croire que le temps n'a pas passé, que la vie n'est pleine et puissante que si on sait se jeter dans le plaisir avec une terrible envie, une terrible envie de vivre. Le tout est d'évaluer le prix du plaisir. Et de prendre le risque que ça n'aille pas plus loin que le plaisir. Pour qu'il se passe quelque chose, que la poitrine cogne et que l'automne soit un printemps d'enfance. Oui, mais bon… Non. Mais si !…

En fait, je n'ai jamais répondu et j'ai tout naturellement été pris de l'abattement de celui qui voit son indécision s'éloigner et le laisser sur place. J'étais retombé aussi bas que j'étais monté. Une semaine passa. Puis une autre, sans que je retrouve l'appétit de la joindre. Elle ne me rappela pas. Il me fallut à peine deux semaines pour laisser filer une occasion qui ne se rate pas. Il ne s'était rien passé. Enfin si, dans cette vie à laquelle personne n'a accès il s'était passé quelque chose. Juste pour moi, là, à l'intérieur.

Contrariété

Hier soir j'ai classé et rangé tout un tas de fichiers photo et vidéo dans mon ordinateur. Les trois quarts étaient des images de mon fils. Sur l'un de ces petits films, on voit mon garçon assis au milieu de toute son école, un matin de juin, pour chanter devant les parents. Il est le seul à faire la gueule. Il a les bras croisés, la tête baissée, les sourcils froncés, il sait où nous sommes sa mère et moi mais ne nous regarde pas, refuse de nous regarder. Il paraît très contrarié. Je ne me souviens plus de la raison de cette contrariété, une tenue vestimentaire ou la trottinette, mais je me rappelle qu'entre la maison et l'école il avait fortement exprimé son mécontentement et je me revois lui expliquer avec un peu de fermeté que nous n'avions plus le temps de rebrousser chemin. En revoyant la vidéo j'ai éprouvé de la tristesse. Je voyais mon fils triste, donc j'étais triste. Et j'étais triste d'avoir conservé ce moment où il est triste. J'ai failli mettre le fichier à la poubelle. Puis je me suis dit qu'en fait c'était bien d'avoir conservé cet épisode somme toute assez ordinaire de la vie. J'aurais bien aimé, adulte, voir des photos ou des vidéos de moi enfant pleurant, criant, triste ou exprimant mon opposition ou ma colère. Les albums photo sont les reflets incomplets de la vie.

À cause de

Au début, c'était à cause de la grossesse. Ce corps qui change, s'alourdit, se ramollit, ça me dégoûtait. Puis, ça a été la maternité, la fatigue perpétuelle, sans jamais en voir le bout. Et ça a recommencé aussitôt, deux enfants en quatre ans. La malchance a voulu qu'au moment où tout cela se calmait et où les enfants acquéraient une certaine autonomie, les choses se sont compliquées au boulot. Le rachat par les Américains fut une période atroce. Le nouveau directeur commercial parachuté de Chicago nous mettait une pression intenable, ça s'est terminé sous antidépresseurs et par une démission fracassante. Dieu merci, j'ai retrouvé un poste assez vite, mais là, ce furent les horaires le problème. Quand on se lève à 6 heures et demie tous les matins et qu'il faut une heure un quart de voiture pour aller et rentrer du travail, le soir, on n'a pas la tête à ça. Quant au week-end, on ne pense qu'à dormir. Après, c'était à cause du stérilet, c'est ma gynéco qui me l'a dit, ça peut influer. Quatorze ans qu'il y a toujours une raison, mais merde, c'est pas ma faute. Hier, il m'a annoncé qu'il avait une maîtresse depuis un an à cause de ça, et qu'il me quittait. Juste à cause de ça il a répété, tu peux croire un truc pareil ? C'est consternant, dix ans que je t'en parle, dix ans que tu me dis comprendre sans rien changer. Je l'aime moins que toi, il a ajouté, et je l'aimerai jamais comme je t'ai aimée, mais elle, au moins, elle est normale avec ça. Il avait l'air encore plus abattu que moi. Quand la porte s'est refermée sur lui j'ai compris que bientôt, ce sera à cause de la solitude. Puis de la tristesse. Les hommes sont des porcs.

Poème qui se fout de la gueule du monde

Ce matin en me
réveillant je me suis dit tiens
aujourd'hui je vais écrire un poème
Je me suis mis à ma fenêtre
les gens marchaient dans la rue sans doute pour aller
au boulot
Boulot métro dodo ça a fait dans ma tête
pendant que le café coulait
en faisant le bruit d'un grattement de gorge
J'ai trempé ma tartine dans ma tasse
et c'est devenu mou comme une vieille éponge
le chien me regardait t'en veux j'ai dit et il a répondu slurp
Ensuite j'ai pris ma douche en écoutant la radio
j'entendais rien à cause du bruit de l'eau c'est en me séchant
que j'ai compris de quoi ils parlaient
une taxe sur un insecticide céréalier

c'était pas intéressant alors j'ai tourné le bouton et là
une fille chantait « j'suis pas ta catin »
J'ai mis ma chemise préférée
celle qui ne me serre pas quand je la ferme
puis ma cravate
devant la glace j'ai trouvé
qu'un type en chaussettes caleçon chemise et cravate
est complètement
ridicule
alors j'ai enfilé mon costume
J'ai dit salut le chien et je suis sorti
Boulot métro dodo ça a fait dans ma tête
pendant que mes talons faisaient tacatacatac dans l'escalier
La vie était chouette
j'étais responsable *supply chain*
et
poète
Il suffit d'écrire n'importe quel texte de merde
d'aller à la ligne de temps en temps
de virer la ponctuation
et ça fait un poème
Si vous ne me croyez pas
vous n'avez qu'à aller dans une librairie
feuilleter un livre de poésie
vous verrez bien

Face-à-face

Je prends souvent ce petit chemin pour aller en ville, ça me fait gagner trois ou quatre minutes. Une route très étroite, qui n'a pas été goudronnée depuis des lustres et sur laquelle il faut rouler avec prudence si on ne veut pas abîmer ses amortisseurs. Manifestement peu de gens la connaissent dans la région parce que j'ai dû y croiser trois ou quatre véhicules en six ans. À peu près à la moitié, la largeur est juste celle d'une voiture et c'est comme ça sur une centaine de mètres environ. Hier, j'avais besoin de passer chez le concessionnaire pour ma tronçonneuse. Le printemps était là depuis dix jours et ma vie glissait comme un voilier. Pile au niveau du grand chêne un Kangoo est arrivé devant moi. On s'est tous les deux arrêtés. J'avais dépassé largement les quatre-vingts mètres depuis le goulot, c'était donc à lui de reculer. J'ai attendu quelques secondes mais le type en face ne bougeait pas. J'ai baissé ma vitre.

– Je pense qu'il faudrait que vous reculiez.

Le gars a fait non de la tête.

– Excusez-moi, monsieur, mais je suis plus engagé que vous sur le chemin, c'est donc à vous de reculer.

Il a baissé sa vitre et gueulé :

– Je m'en fous. Recule.

D'accord. J'ai tout mon temps, j'ai répondu. Moi aussi, il a dit. J'ai coupé le contact et allumé la radio. Il a lui aussi éteint son moteur et croisé les bras derrière son volant. J'ai pensé que cela faisait longtemps que je n'avais pas été confronté à un tel abruti et aussitôt je me suis dit que ce n'était pas si grave, que je préférais vivre ça quand tout va bien plutôt que lorsqu'on est submergé par les emmerdes. Ma réserve de calme et de patience était pleine, j'avais de quoi tenir. Trois minutes se sont écoulées, puis cinq, puis dix. À un moment un renard a passé sa tête sur le haut du talus. Il s'est arrêté net en nous voyant mais comme il n'y avait aucun mouvement il n'a pas fui tout de suite. Il nous a regardés, se demandant sans doute ce qu'on foutait là. J'ai appelé ma femme mais je suis tombé sur sa messagerie. Le type ne me quittait pas des yeux, alors j'ai fait pareil. Ça a fini par m'amuser cette situation et même par me faire éclater de rire. Dans son véhicule, le gars en a fait autant. Il avait du cran et je commençais à le trouver presque sympathique. Je me suis penché vers l'extérieur et je lui ai demandé s'il avait des cigarettes.

– Oui.

– Je peux vous en prendre une ?

– Bien sûr.

Le chemin était si étroit que j'ai eu du mal à sortir de ma voiture. Je me suis glissé entre les deux véhicules et il m'a tendu une cibiche.

– Merci.

– De rien. Dans les moments difficiles il faut savoir s'entraider.

– Le printemps est arrivé tôt cette année.

– Oui, on a de la chance, il fait doux. Vous êtes du pays ?

– Pas vraiment, on s'est installés là il y a six ans. C'est une belle région.

– Oui, moi j'y suis né et j'ai jamais voulu partir.

– Je vous comprends.

Sur le siège passager il y avait un numéro de *La Pêche et les Poissons* avec une couverture consacrée au sandre.

– Vous pêchez ? j'ai demandé.

– Oui.

– Moi aussi. Y a de bons coins par ici.

– Oui, c'est une belle région halieutique.

– Je pratique surtout la mouche. Un peu avant La Ferté, j'ai trouvé un bras pas mal du tout.

– À la Goulière ?

– Oui, c'est ça.

– Je connais, c'est bien, en effet. Entre Saint-André et La Ferrière, juste après le château d'eau, c'est bien aussi.

– Ah oui ? Je connais pas cet endroit.

– C'est truffé d'ombres.

– Ah, bien. Merci pour le tuyau.

On a papoté truite et brochet pendant un quart d'heure, on a passé un bon moment finalement. On s'est même échangé nos numéros de téléphone. Ça faisait pas loin d'une demi-heure qu'on était là et puis finalement…

– Bon, c'est pas que je m'ennuie mais il va falloir que j'y aille là. N'hésitez pas à m'appeler, on ira pêcher ensemble, je vous montrerai des coins que vous ne connaissez certainement pas.

– Avec plaisir.

Et il a reculé. On s'est fait des grands signes de la main en se croisant. Il était sympa ce type. Mais je sais pas si on se reverra. Rien ne m'emmerde plus que la pêche.

La fébrilité du désir

J'ai oublié ce qu'était cette fébrilité du désir, cette électrique tension du permanent qui-vive. Pendant longtemps, j'ai regardé les femmes, toutes les femmes, attentif au moindre élan de séduction qu'elles pouvaient me provoquer. Je possédais toute une gamme de sourires qui envoyaient toute une gamme de signaux et j'étais devenu maître à décoder gestes et mimiques, silences et expressions, mensonges et sous-texte. Un croisement de regards suffisait à enchanter ma journée, je disais aux femmes que je les trouvais belles, comme ça, pour rien, pour le plaisir d'assister à leur surprise, au rayonnement soudain de leur visage. Le pétillement d'un œil ou des dents blanches offertes étaient mes oasis enchanteresses. Même lorsque j'étais dans une histoire je ne me lassais pas de saisir la moindre occasion de séduction, aussi éphémère que gratuite fût-elle. J'étais jeune avec l'envie de vivre, de tout vivre. Puis j'ai rencontré ma femme. Et à force de la désirer, de l'aimer, j'ai fini par l'adorer, au sens étymologique, c'est-à-dire que je lui ai voué un culte, une vénération et le monde s'est alors vidé de toutes les femmes. Dix ans plus tard elle est toujours là, à mes côtés et je ne crains pas de la perdre. Le sourire d'une jolie femme ne me fait plus aucun effet. Je suis repu.

Triple con

Un jour je roulais pépère sur l'autoroute quand un abruti m'a doublé à 160 et m'a fait une queue-de-poisson. J'ai pas du tout aimé. Alors j'ai klaxonné comme un dingue en lui faisant des appels de phares. En roulant derrière lui quelques centaines de mètres j'ai vu qu'il avait scotché sur son pare-brise arrière une pancarte pour vendre sa voiture avec son numéro de téléphone dessus. J'ai attendu deux ou trois minutes qu'il s'éloigne puis j'ai attrapé mon mobile et j'ai composé son numéro en masquant le mien.

Il a immédiatement décroché.

– C'est qui ? il a fait.

– Tu viens de me faire une queue-de-poisson espèce d'abruti. Les types comme toi devraient être interdits de permis. T'es un danger public.

Et là, il s'est mis à me hurler dessus et à m'insulter. J'avais affaire à un nerveux.

– T'es qui, toi ? T'es qui ? Je vais te niquer, fils de pute. Si je te retrouve je refais ta face. SUR LA VIE DE MA MÈRE J'TE FUME.

– Je vais balancer ton numéro aux flics, triple con.

– VAS-Y, DIS-MOI QUI T'ES SI T'AS DES COUILLES, JE T'ATTENDS SUR LA PREMIÈRE AIRE DE REPOS.

– En fait t'es cohérent avec ta conduite, t'es un gros con…

– JE TE JURE, SI JE TE RETROUVE JE TE MASSACRE.

– Allez, salut triple con.

J'ai enregistré son numéro sous le nom de Triple con et je suis rentré tranquillement à la maison.

Deux ou trois semaines plus tard j'ai vécu une très grosse contrariété, une impasse dans laquelle on est depuis des années avec ma femme, un truc qu'on n'arrive pas à dénouer mais qui continue pourtant de me rendre dingue. Je déteste m'énerver, quelle que soit la situation, je contiens toujours mes colères. Quand je sens que je vais exploser je vais courir une heure ou je descends à la cave frapper mon sac de sable. Mais là, je sais pas pourquoi, je l'ai appelé.

– Alors Triple con, tu conduis toujours comme un abruti ?

– TOI, UN JOUR JE VAIS TE RETROUVER, ET JE VAIS TE DÉFONCER LA GUEULE, T'AS PAS IDÉE.

Le gars était tout aussi insultant et énervé que la fois précédente. J'ai mis le haut-parleur, je me suis allongé et j'ai posé le téléphone sur ma poitrine.

– Pauvre con. Petite bite. Connard.

– T'ES MORT ! TÔT OU TARD JE TE RETROUVERAI. JE VAIS TE DÉCHIQUETER…

Qu'est-ce que c'était bon de l'entendre s'exciter comme une bête acculée ! Ça me calmait. Je l'ai laissé vociférer deux ou trois minutes et une fois que c'est allé mieux j'ai pris congé.

– Allez, à la prochaine Triple con.

Ça fait trois ou quatre ans que ça dure cette histoire. Dès que je suis énervé, je l'appelle et ça me détend instantanément. Ça marche à tous les coups. Je me dis qu'il y a bien un moment où il ne va pas décrocher, mais non, à chaque fois il décroche ce con. J'ai presque envie de le remercier.

Mon double taiseux et immobile

Ces temps-ci je tourne dans le film d'un très grand réalisateur. Un rôle qu'un acteur attend toute sa vie. Pour moi, c'est évident, il y aura un avant et un après. Dans mon entourage, tout le monde m'envie, me félicite, m'encourage et se réjouit pour moi. Pourtant, je n'arrive pas à vivre ce moment dans la joie. Cette période de ma vie pourrait être une des plus heureuses, mais non, c'est plus fort que moi, mes chiens noirs rôdent et aboient pour me rappeler à eux. Voilà quarante ans que je subis les flux et reflux d'un état dépressif. Si elles se calment parfois, les vagues de la dépression reviennent toujours me submerger, sans préavis, sans raison aucune, sans que j'aie sur elles aucune prise. L'apathie gagne toujours. Juste avant le début du tournage, j'ai dû consulter mon médecin pour qu'une fois encore il me prescrive de quoi me maintenir la tête hors de l'eau plusieurs mois.

Hier j'ai tourné une scène avec mon double en mannequin de latex. Lorsque je suis arrivé sur le plateau, voir cette marionnette grandeur nature m'a beaucoup troublé. Cela arrangeait tout le monde car c'est exactement l'émotion qu'attendait de moi le réalisateur. J'ai accompli mon travail du mieux que j'ai pu et le soir, une fois la séquence mise en boîte, lorsque l'équipe s'affairait à ranger le plateau, j'ai demandé si je pouvais garder le mannequin. Personne n'y a vu d'inconvénient. Je suis alors rentré chez moi en taxi avec mon double aussi taiseux et immobile que moi. À la maison, je l'ai allongé sur le lit puis je lui ai croisé les mains sur la poitrine comme on le faisait jadis pour les morts. Je ne sais pas pourquoi j'ai fait ça, ce qui est sûr, c'est que cela m'a apaisé. Je suis resté assis à côté de lui toute la nuit, et à l'aube j'ai ressenti une quiétude que je n'avais pas éprouvée depuis des années. J'ai passé ma nuit à me veiller.

Un succès assuré

Cela faisait quinze ans que j'étais insomniaque. Il m'était impossible de m'endormir sans Stilnox, or le 10 avril 2017 ce médicament devint classifié comme stupéfiant et fit l'objet d'ordonnances sécurisées. S'en procurer releva alors du parcours du combattant. C'était l'occasion ou jamais de décider enfin de m'en sevrer et de m'en libérer. Je savais que ce serait long, laborieux, pénible, épuisant et que cela nécessitait de ma part un changement en profondeur. En bon écrivain que je suis je m'étais dit que je tenais là le sujet de mon prochain livre. La France compte quatre millions de personnes qui souffrent de troubles du sommeil, proposer à un éditeur le journal d'un insomniaque, c'était s'assurer un succès. Je n'avais plus qu'à décrire ces interminables nuits blanches qui m'attendaient, ces journées plombées par la fatigue, l'irritabilité, la lassitude ou le désespoir. J'avais estimé qu'il me faudrait environ une année pour me débarrasser de ma dépendance au zolpidem et retrouver un sommeil normal. Un an, cela laissait le temps de faire un livre d'environ deux ou trois cents pages, un livre qui aborderait le problème en profondeur, qui ne manquerait pas de le lier à l'époque et à la société, d'en faire le mal du siècle, le mal occidental et qui donnerait par là même à mon récit l'opportunité de se faire publier à l'étranger et de devenir un phénomène éditorial mondial. Dans cette affaire, j'étais doublement gagnant, et convaincu que ma volonté de finir mon livre m'aiderait à supporter les difficultés que j'allais affronter. J'ai contacté un éditeur qui m'a tout de suite fait un contrat avec un à-valoir de vingt mille euros.

Je me suis adressé aux meilleurs spécialistes du sommeil, à l'Hôtel-Dieu, réputés pour être les plus grands médecins de cette pathologie. Mon premier rendez-vous fut particulièrement riche, je pris même des notes, enregistrai, avec l'accord du docteur Sommier (ça ne s'invente pas), ma consultation. Après qu'il eut lu le long questionnaire auquel on m'avait demandé de répondre et qu'il m'eut longuement écouté, j'eus tout de même une légère déception. Il fut bref, concis, sans détour.

– Si vous avez l'habitude de ne prendre qu'un demi ou un comprimé pour vous endormir, cela ne devrait pas être trop compliqué de vous sevrer. Vous allez rentrer chez vous, jeter à la poubelle la boîte de Stilnox qu'il vous reste et noter scrupuleusement sur ce tableau l'heure de votre coucher, l'heure approximative de votre endormissement et celle de votre réveil, et ce pendant trois semaines. On se revoit à la fin du mois.

Les quatre premières nuits furent un enfer, il m'était impossible de m'assoupir avant 4 ou 5 heures du matin, mais j'ai écrit, beaucoup, j'ai noirci des pages et des pages, à l'écoute de ma moindre sensation, pensée, retranscrivant tous mes faits et gestes de la nuit, combien de yaourts je m'étais enfilés, le nombre de cigarettes fumées, l'ennui mortel, les parties de Tetris, l'indigence de la télé, les sites porno, c'était passionnant. La cinquième nuit, je me suis écroulé à 23 h 30 et j'ai dormi neuf heures d'affilée. Ensuite, j'ai eu deux ou trois mauvaises nuits, puis deux bonnes, puis une mauvaise nuit pour trois bonnes. En moins de quinze jours, j'avais retrouvé un sommeil à peu près normal. J'avais même pas écrit cinquante pages. Au bout d'un mois, je dormais tout à fait normalement et mon livre faisait soixante et onze pages. Alors je suis retourné voir mon éditeur et je lui ai proposé un livre sur un type qui dort comme un loir. Il m'a demandé d'un ton menaçant si je me foutais de sa gueule et de le rembourser sur-le-champ.

Une adresse à recommander

Hier, mon meilleur ami que j'ai rencontré à l'armée m'a téléphoné pour me demander quelque chose d'un peu particulier. Durant toute notre vingtaine j'étais impressionné par le nombre de filles que ce garçon parvenait à séduire, quand moi, avec ma sale gueule, je devais me contenter de quelques rapports par an, et encore, souvent tarifés. À l'époque, j'allais parfois au bordel, parce qu'à vingt ans l'abstinence est insupportable. Il est célibataire depuis sept ou huit ans maintenant et après sa séparation d'avec sa femme il ne s'est jamais remis avec quelqu'un. Il a eu deux ou trois aventures sans lendemain mais c'est tout.

– En fait je voulais te demander si tu n'avais pas une ou deux adresses à me recommander.

– Mais enfin Maxime, ça fait une éternité que je n'y suis pas allé. Non, je… je ne peux pas t'aider. Qu'est-ce qui se passe ?

– C'est-à-dire qu'hier soir je suis allé à une soirée, qu'avec des femmes sublimes, j'ai dragué comme un dingue mais rien. Elles sont toutes rentrées avec leur mec ou leur mari et moi, j'ai retrouvé mes pénates à l'aube avec un désir dont t'as pas idée. Je tiens plus.

J'étais bien emmerdé de ne pas pouvoir l'aider, je l'aurais fait volontiers mais depuis trente ans que j'étais avec ma femme, le claque était totalement sorti de mon champ de vision.

– Oui, je comprends, toi tu as Laurence.

– Même pas, enfin, même plus.

– Mais ça te manque pas ? Moi, parfois j'ai des montées de désir à s'ouvrir le bide.

– Non, ça me manque pas. Ça m'a quitté. J'ai plus d'envie. C'est bien aussi. On n'est plus torturé par ça.

Et quand il a raccroché, je me suis demandé ce qu'il y avait de plus triste, lui avec son désir qui lui vrillait le ventre ou moi avec mon envie qui m'avait abandonné ?

Tromper mon mari

Parfois, ça m'envahit comme une bouffée d'angoisse, j'ai envie de tromper mon mari. D'avoir un amant que je rejoindrais l'après-midi dans des hôtels pour des parties terribles et asphyxiantes, dont j'attendrais les messages auxquels je répondrais la nuit ou en sortant le chien. Un homme qui aurait envie et dont j'aurais envie, au ventre plat et sans poils dans le dos avec des mains de masseur indien, fines et fermes. Un homme qui ne serait dans ma vie que pour la récréation et avec qui je n'aurais pas à partager les emmerdes et les complications. Dans mon entourage, aucun ne pourrait faire l'affaire. Au boulot encore moins. Tout logiquement je me dis qu'il faut que je m'inscrive sur un site de rencontres ou, mieux, sur un site d'adultère. Mais rien qu'à l'idée de devoir rédiger une annonce en m'essorant le cerveau pour donner envie (mais comment ? mais à qui ?), choisir une photo (encore faut-il en trouver une qui me mette en valeur ou, pire, la faire), ça me décourage. Et puis m'imaginer mentir, sortir des gros bobards avec naturel, marcher sur un fil, ça m'épuise d'avance. Alors je prends un cacheton et je vais me coucher. Ça tient peut-être qu'à ça la fidélité, à la flemme.

Retour à l'instinct primaire

Il n'y a qu'un seul programme de téléréalité que je peux voir, c'est *Retour à l'instinct primaire*. Tous les autres m'exaspèrent mais celui-là me met en transe. Je connais toutes les saisons par cœur, françaises comme américaines. Voir deux candidats, un homme et une femme, complètement à poil, se débrouiller en pleine nature, la plus hostile possible, on s'en doute, m'infantilise littéralement. Devant ça j'ai dix ans. Hier, j'étais avec mon fils à qui je propose toujours qu'on regarde un épisode ensemble, alors qu'avec les écrans je suis un vrai kapo. Mais pour cette émission je fais une exception. On était seuls tous les deux, il pleuvait et j'en avais ma claque du Mille Bornes et du Puissance 4, alors je lui ai proposé de jouer à *Retour à l'instinct primaire*. Il s'est pas fait prier. Je nous ai trouvé deux sacs en toile à porter en bandoulière comme le font les candidats, un couteau à pain en guise de machette, j'avais rien d'autre, et un allume-feu acheté dix ans auparavant au Vieux Campeur et dont je ne m'étais jamais servi. Vu que la rivière alentour n'était pas potable (il n'y a pas de rivière près de chez moi, plutôt un minuscule ruisselet, mais il faut jouer le jeu), la production nous a aussi glissé une gamelle pour faire bouillir de l'eau. J'ai mis tout ça dans les sacs ainsi qu'une carte toute pourrie qu'on avait dessinée ensemble. Ensuite, il s'est aussitôt déloqué, hyperexcité, et j'en ai fait autant. Mon fils n'a aucun problème avec la nudité, comme moi, surtout chez moi quand je suis certain que personne ne peut nous surprendre nus comme des premiers hommes.

– Bon, j'ai dit, on va faire les choses exactement comme à la télé. Il faut qu'on se rencontre comme si on avait marché deux heures, on décroche les sacs d'une branche, on regarde ce qu'il y a dedans, on déplie la carte et on se trouve le meilleur endroit pour monter notre abri.

Notre jardin est assez grand et, au fond, un bosquet d'un quart d'hectare traversé par un ruisseau fait un décor idéal pour ce genre d'aventure.

– Tu arrives par le côté nord de la maison, moi le côté sud et on se retrouve devant les sacs, à l'entrée du bois, ça te va ?

– Super, il a dit juste avant de filer.

Il pleuvait encore plus fort que je l'avais imaginé et bien qu'on fût en septembre, l'herbe mouillée était vraiment froide mais à six et dix ans, on ne s'arrête pas à ce genre de détails pour jouer. Quand je suis arrivé, il était déjà devant les sacs.

– Bonjour, tu dois être mon partenaire si j'en juge à ta tenue.

– Oui, c'est moi, il a répondu, je m'appelle Gustave, et toi ?

– David.

– Et qu'est-ce que tu fais dans la vie David ?

– Je suis secouriste de haute montagne après avoir passé quinze ans dans les commandos marine.

– Ah, tu dois être bon en survie alors.

– Ça va, j'ai quelques rudiments. Et toi tu fais quoi ?

– Moi je suis en CP.

– Parfait, tes connaissances vont nous être très utiles. On va faire une belle équipe. Voyons ce qu'il y a dans nos sacs.

– Un allume-feu, une machette, elle est pas terrible ta machette, une casserole pour faire bouillir de l'eau. Et il y a une carte aussi. Bon, je pense qu'il faut que l'on construise notre cabane le long de la rivière.

– Ça me paraît une bonne idée.

On a enfilé nos sacs en les positionnant devant nous, comme ils font à la télé, pour cacher nos zguègues, et on s'est engagés dans le petit bois. On a parcouru une quinzaine de mètres et on s'est mis d'accord sur le meilleur endroit pour construire notre abri.

– Je vais chercher du bois pour le feu, toi, tu n'as qu'à commencer à couper des branches pour la cabane, il a dit.

Avec un couteau à pain, ce n'est pas ce qu'il y a de plus facile, alors j'ai plutôt cassé et assemblé quelques morceaux de bois mort pendant qu'il ramassait de quoi faire du feu. Pour notre première nuit nous sommes convenus qu'il ne fallait pas être trop exigeant sur la qualité de la cabane, l'important c'était de s'abriter et de lancer un feu. À un moment, il est revenu triomphal au campement en hurlant qu'il avait trouvé de quoi manger.

– Regarde ça, partenaire, il a dit, un escargot. C'est plein de protéines !

On s'est tapé la main comme deux coéquipiers soudés et il a filé avec la gamelle chercher de l'eau au ruisseau. Pendant ce temps-là, j'ai continué à monter notre abri, enfin, ne possédant ni liens ni lianes, un agglomérat de branches branlantes, de feuillage disparate et clairsemé posé sur une structure en A qui tenait par quatre longues branches à extrémités fourchues. Ce n'était pas fait pour durer vingt et un jours comme dans le programme mais juste l'après-midi. Mon fils trouvait ça parfait. Nous avons aussi ramassé quelques pierres pour monter un foyer. Lancer le feu fut plus laborieux. Tout était trempé. J'ai donc sorti de mon sac une poignée de paille récupérée sur une vieille chaise qui traînait à la cave que j'avais imbibée d'essence à briquet en cachette de mon fils. Oui, je trichais (mais il faut bien jouer le jeu). J'ai demandé à mon garçon de protéger la paille avec le couvercle de notre gamelle pendant que je frottais l'allume-feu. En quatre coups c'était parti. Gustave a ouvert la bouche de stupéfaction et poussé des cris de joie, des cris qui venaient du fond des âges. J'ai alimenté avec des brindilles, puis du petit bois, puis des branches… En cinq minutes nous avions un feu de château médiéval. J'ai pris la casserole et jeté l'escargot dedans puis je l'ai mise sur le foyer. Je n'avais jamais fait cuire de gastéropode de ma vie et j'ignorais combien de temps il fallait l'y laisser. Pendant que ça cuisait nous avons décidé de nous enduire de boue pour nous protéger des moustiques qui n'allaient pas tarder à attaquer. Il n'y en avait évidemment pas mais il faut bien jouer le jeu et dans les forêts tropicales nicaraguayennes c'est truffé d'insectes plus féroces et vicieux les uns que les autres. Nous avons alors rejoint le point d'eau et nous sommes badigeonnés d'une terre bien grasse sur tout le corps. Même le visage, surtout le visage, jusqu'à s'en faire une espèce de masque terrifiant dont seuls les yeux et la bouche restaient vierges. On ressemblait à de vrais guerriers de l'aventure. Ensuite on s'est mis à l'abri en attendant de pouvoir manger le produit de notre chasse. C'était très exigu et inconfortable, on ne tenait que recroquevillé, les jambes ramenées contre le buste et il y avait toujours une épine pour nous piquer les fesses. Pas terrible non plus pour les couilles cette position.

– Il fait froid, il a dit.

– Oui, je sais, dès qu'il se met à pleuvoir, les températures peuvent chuter dans cette région. Et encore, là, il fait jour. Il faut espérer que la pluie cesse avant la nuit.

Puis on s'est tus en regardant le feu. Comme deux aventuriers perdus dans la nature. Ça doit être très long une journée perdu dans la nature. Je vais être franc, on a eu un coup de mou. On s'ennuyait et on se les gelait. Mon fils, qui comme tous les enfants n'est pas le plus doué pour gérer l'ennui, m'a dit qu'il allait faire un tour pour voir s'il ne tombait pas sur un bananier ou des fruits sauvages. Je me suis retrouvé seul sous mon tas de branchages et je me suis subitement demandé ce que je foutais là, à poil, sous la pluie, à regarder un feu cuire un escargot. Je me suis demandé si les gens qui lisent mes livres, les éditeurs qui les publient, les journalistes qui écrivent dessus, les académiciens qui me donnent des prix peuvent m'imaginer jouer à *Retour à l'instinct primaire* avec un petit garçon de six ans. Je me suis dit que c'était le genre d'anecdote que j'allais garder pour moi, que ce n'était sans doute pas terrible pour ma carrière de leur mettre dans le crâne cette image d'un homme de cinquante-quatre ans tout à fait respectable, toujours bien habillé, qui sourit sur les photos, nu dans un bosquet avec un sac autour du cou et un couteau à pain à la main. Que c'était le genre de chose dont il fallait pas se vanter. C'était pourtant ça ma réalité. Jouer avec mon fils, même à des jeux complètement débiles. Quand il est revenu bredouille l'escargot était cuit. Je l'ai sorti de la casserole et j'ai cassé sa coquille avec une pierre. Ça ressemblait à du caoutchouc noir, ça donnait pas très envie.

– Avec ça, on va pouvoir tenir au moins deux jours, a dit mon fils.

– Oui, ça fait du bien d'avoir des protéines, j'ai répondu, il était temps, je commençais à avoir des étourdissements.

– L'eau a bouilli, on peut donc la boire.

– Oui, tu as raison, il faut s'hydrater.

On a bu un peu d'eau et mâchouillé notre bout de pneu naturel, y a pas à dire, c'est vraiment dégueulasse l'escargot.

C'est à ce moment-là que ma femme nous a appelés.

– On est dans le bosquet, il a crié.

On est sortis de notre cabane et on l'a tous les deux accueillie avec de grands sourires. Sans même avoir à se le dire on pensait que ce serait vraiment chouette qu'elle nous rejoigne dans l'aventure. Quand elle nous a vus elle s'est arrêtée comme face à une scène de crime, elle a ouvert la bouche avec un air d'incrédulité et puis, ça je l'ai bien vu, elle a inspiré profondément, et s'est mise à nous hurler dessus. On s'est pris un de ces savons… Enfin, surtout moi.

Le lendemain, mon fils avait trente-neuf de fièvre, pas d'école donc. Et moi, obligé de le garder pendant que ma femme était au travail. Alors on a joué au docteur. Je suis descendu à la cave chercher un vieux cartable et le stéthoscope qui avait appartenu à mon père, j'ai enfilé une veste un peu provinciale et je suis entré dans sa chambre.

– Alors qu'est-ce qui vous arrive ?

– Je sais pas docteur, j'ai participé à l'émission *Retour à l'instinct primaire* et je crois que j'ai été piqué par une mouche Tété.

– Une mouche tsé-tsé, vous voulez dire ?

– Oui c'est ça.

– On va regarder.

J'ai sorti le stéthoscope de mon sac et j'ai écouté le cœur de mon fils battre à quatre-vingt-dix pulsations par minute. Longuement. Plus longuement que ne l'aurait fait un vrai médecin. Beaucoup plus longuement. Pour faire durer le plaisir. Ensuite je lui ai donné une cuillère à soupe de Doliprane. Faut bien jouer le jeu.

Gros chat

Aujourd'hui, personne ne m'a annoncé de mauvaise nouvelle, personne n'a eu besoin de moi, je n'ai reçu aucun coup de téléphone venu des ténèbres, ni de la banque, ni de mon entourage, ni de mon employeur. Pas de mail contrariant, pas de courrier, rien, même pas de pub. Aucun problème à régler, aucune urgence. Pas de bouton inquiétant, de douleur hypocondriante, d'angoisse venue de nulle part. La journée est passée aussi gracieusement qu'un voilier sur une mer amicale. Je l'ai traversée comme un gros chat sur son coussin, dans le silence, sans voir personne entre 8 h 30 et 18 heures. Je suis fait pour ça.

Fausse pudeur

Cet homme m'a plu tout de suite. Je le trouvais brillant. Je ne résiste pas à l'intelligence, au savoir et à l'élocution. Quand tous les autres péroraient, lui expliquait la situation géopolitique avec précision, faits historiques étayés, références culturelles rigoureuses. Et je sais de quoi je parle, je suis prof à l'UFR des études slaves de la Sorbonne. Nous avons continué à discuter pendant une demi-heure sur le trottoir. En nous quittant je lui ai fait confirmer que l'on se reverrait vite. Il a tenu promesse, dix jours plus tard nous dînions ensemble dans un restaurant des Batignolles. J'ai eu envie de l'embrasser pendant tout le repas. Difficile de se concentrer sur une conversation quand la seule envie qui vous tenaille, là, maintenant, tout de suite, c'est de dévorer les lèvres d'un homme. Nous sommes allés chez lui. Tout s'est passé comme cela doit se passer quand deux êtres se désirent mais, juste avant de se mettre au lit, il s'est arrêté et m'a dit :

– Afin que vous ne soyez pas désagréablement surprise je me dois de vous informer que… enfin, cela surprend souvent les femmes qui… mes cheveux… mes cheveux ne sont pas vraiment mes cheveux.

– Je ne comprends pas.

– Je porte un postiche.

– Ah… Ce n'est pas grave, je n'ai aucun problème avec la calvitie.

– Vous êtes gentille de me dire ça. Ce n'est jamais très agréable pour moi.

Et là, il a retiré sa perruque. Il faut bien admettre que c'est un peu un choc. J'aurais préféré qu'il la garde parce qu'en toute sincérité il était nettement mieux avec que sans. J'ai été d'ailleurs très surprise de voir avec quelle perfection ces moumoutes sont réalisées. S'il ne m'avait rien dit, même à vingt centimètres de son visage je ne m'en serais pas aperçue et je n'ai pas osé lui demander de la remettre. Nous sommes ensemble depuis deux ans et, sous prétexte de ma pudeur, nous n'avons jamais fait l'amour autrement que dans le noir total.

Maison de campagne

Cela faisait onze ans que nous possédions cette maison. Je n'avais ici que des souvenirs de joie, de gaieté, de soirées bavardes et alcoolisées ou de jardin riant, de portes ouvertes, de cuisine pour dix et de réveils frais. Depuis mon divorce trois ans auparavant, l'idée de m'y installer avait fait son chemin. Les enfants y venaient moins, les bruits et les odeurs n'étaient plus les mêmes mais rien ne me retenait en ville. Et puis m'éloigner de ce qui avait été mon quotidien pendant onze ans était devenu comme une évidence pour éviter de sombrer.

J'étais arrivé en fin de journée après trois heures de route. La lumière promettait une soirée apaisante. Pousser la porte d'entrée et inhaler son odeur me faisait le même effet qu'un puissant anxiolytique. J'ai toujours adoré arriver dans cet endroit. Le réveiller de son sommeil en ouvrant les volets, remettre l'électricité, réactiver le circuit d'eau chaude (en l'occurrence ce jour-là, défectueux depuis quelques semaines), sortir les transats ou déverrouiller le cellier et l'atelier s'apparentait pour moi à une prise en charge médicale qui va enfin mettre un terme à une gêne, une fatigue ou une petite douleur. « Maintenant ça va aller » étaient toujours les mots que je prononçais intérieurement en y revenant. Les maisons survivent toujours à leurs propriétaires qui, en fait, ne sont que des passagers. Une maison ne vous appartient jamais totalement. Néanmoins, avec celle-ci un lien particulier s'était noué. Quelque chose d'indescriptible qui ressemble à ce qui peut rapprocher deux êtres. On se parlait, on s'écoutait. J'avais remarqué à plusieurs reprises combien elle se laissait faire entre mes mains mais résistait lorsqu'il s'agissait de la confier à des artisans ou à une entreprise. Chaque fois que j'avais fait appel à quelqu'un pour des travaux, cela s'était mal passé. Mais dès que je m'y mettais moi-même, tout se résolvait sans accroc.

– Y a un truc entre cette baraque et vous, m'avait dit un jour un électricien. C'est pas normal que quand je bosse y a toujours un problème et quand c'est vous qui prenez les outils en main tout se passe bien. Moi, vous m'appelez plus, c'est terminé.

Idem avec Inès qui ne cessait de se coincer les doigts avec les volets, de trébucher toujours sur la même marche, de se cogner aux mêmes poutres ou de se retrouver enfermée dans une salle de bains… Moi, j'étais immédiatement tombé amoureux d'elle et je m'étais convaincu qu'à force de discrétion, de patience, d'écoute et d'attentions, cette longère partagerait avec moi ce même sentiment que l'on appelle amour.

Après l'avoir doucement sortie de sa léthargie, j'ai déchargé la voiture qui était bien plus remplie qu'à son habitude. J'avais baissé les sièges arrière pour y entreposer des cartons de livres ou d'objets divers, vêtements, valises et sacs remplis de ces choses inutiles dont je ne voulais pas me séparer dans ma nouvelle vie. J'ai rangé les courses dans le frigidaire et les placards, je m'étais acheté de quoi me faire un petit gueuleton dont j'allais profiter dans le jardin, face à ces prés qui vallonnent jusqu'à la rivière. J'y verrais certainement quelques chevreuils sortir du bois pour venir brouter une herbe tiédie par une journée ensoleillée. Après quoi je siroterais tranquillement ma bouteille en songeant à tout ce qui m'attendrait le lendemain : me rendre chez le propriétaire qui vendait ses deux vergers à pommes pour lui faire une proposition, tondre la pelouse, réparer l'appentis et aller voir Anselme. Je lui avais envoyé un texto le matin pour le prévenir de mon arrivée et lui demander si je pouvais passer. Viens quand tu veux, il m'a répondu, je suis le nez dans l'alambic en ce moment, je ne sors pas. Anselme était ivre en permanence, je ne l'ai jamais vu marcher droit et son haleine est le plus efficace des insecticides. Son visage rougeaud, plus velu que celui d'un ragondin, arbore un sourire débonnaire sous une tignasse hirsute, grise et sèche comme un vieux foin. Affable, aussi bavard qu'une vieille dame solitaire, il n'aime rien tant qu'être visité pour vous faire goûter son cidre maison ou son eau-de-vie capable de faire démarrer la mobylette la plus récalcitrante et qu'il sort d'une machinerie sophistiquée entièrement fabriquée par ses soins. La cour de sa ferme ressemble à une déchetterie dans laquelle évoluent chiens, chats, volailles, lapins et Copinette, une truie noire de Bigorre qu'il prétend enfiler régulièrement lorsque l'envie n'est plus tenable.

– Maintenant que tu es célibataire tu vas pouvoir l'essayer, m'a-t-il proposé un jour. Une soie chaude que t'as pas idée.

Dans son logis, le désordre relève de l'installation d'art contemporain et l'odeur de renfermé ajoutée à celle de l'alcool frelaté rappelle l'acidité de l'ammoniaque. S'il vous propose un verre, il ne lui vient pas à l'esprit d'en prendre un propre dans le buffet, il attrape le premier qu'il trouve sur la table et l'essuie sur sa chemise lisse de cambouis, de crasse et de terre pour y verser un cidre opaque comme une eau stagnante. Il rote, il pète, plonge la main dans les profondeurs de son pantalon pour y gratter une couille sans vous quitter des yeux ni interrompre son discours mais c'est l'être le plus gentil et le plus serviable qu'il m'ait été donné de rencontrer. Anselme, c'est le gars qui propose, c'est le copain coup de main qui débarque chez vous avec des outils et du temps sans jamais rien demander en échange que deux ou trois chopines et une conversation amicale. Grand affabulateur, il se soucie peu de la véracité des histoires qu'il raconte en les assaisonnant d'extravagances, de mystères ou de drôleries. Il prétend connaître l'entrée de souterrains qui datent de la guerre de Cent Ans et mènent à des manoirs du coin, il s'est retrouvé en face d'une meute de loups, il a peloté la femme du maire qui se baignait à poil dans la rivière, fait sauter toutes ses amendes pour conduite en état d'ivresse, planqué dans sa grange un cerf poursuivi par une chasse à courre, fait goûter son cidre au Premier ministre tombé en panne sur la nationale qui longe son champ… Il s'émerveille d'un rien, rit de tout et vous ferait passer le goulag pour un séjour de vacances organisées dans un riad marocain. Anselme, c'est le gars heureux, le gars qu'il faut aller voir quand les chauves-souris approchent.

J'ai rangé toutes mes affaires et j'ai dîné comme je l'avais prévu. Puis à 23 heures, quand la nuit fut totalement noire, je suis allé me coucher dans le lit qui serait dorénavant celui de tous les jours. Je me suis laissé bercer par la nouvelle activité qui m'attendait, producteur de cidre. « Si tu achètes les vergers je t'apprendrai le métier, m'avait dit Anselme. C'est une affaire en or, les meilleures pommes de la région. Tu peux en sortir dix mille bouteilles. »

Le lendemain, je me suis levé tôt, ce qui chez moi est signe d'une excellente humeur. J'ai pris mon café et trois ou quatre Choco BN devant cette immense étendue qui laisse voir l'ennemi arriver de loin, l'été allait être celui d'une renaissance, d'un tournant que la vie n'offre que rarement. J'avais mis trop longtemps à me dépouiller de la tristesse de ma séparation mais maintenant j'étais purgé, prêt pour revivre en harmonie avec moi-même. Je me suis douché vite fait, j'ai enfilé des vêtements confortables et j'ai pris la clé dans la petite armoire de la cuisine. Lorsque j'ai ouvert la porte à deux battants de la grange, je n'ai pu contenir un soupir de bonheur. Le Kubota était là, frétillant de joie comme un chien retrouve son maître. Lorsque je l'ai démarré, il a tremblé de bonheur, me faisant passer dans les reins et le dos ses vibrations chaleureuses. Il me faut cinquante minutes pour tondre toute l'étendue herbeuse de ma propriété. Cinquante minutes à siffloter dans un bruit pétaradant de mécanique heureuse. D'abord le chemin qui mène à la route, puis le pré au chêne, puis le pourtour de la mare et finir par le plus délicat, le jardin qui jouxte la maison. Rien ne m'enchante tant que manipuler ce véhicule, tourner, reculer, remonter les lames, les rabaisser, vider le panier, revenir, les Kubota sont aux adultes ce que les autos-tamponneuses sont aux enfants, un gros jouet dont profiter sans code mais qui laisse derrière lui une étendue fraîche et nette, un résultat immédiat.

Ça faisait une demi-heure que je tondais quand j'ai vu arriver les deux voitures, une petite Clio verte et une Toyota Land Cruiser noire, imposante et prétentieuse. De la première est sortie une jeune femme d'une trentaine d'années manifestement étonnée de voir la maison habitée, et de la seconde, un couple vêtu comme des Parisiens en visite. J'ai coupé le moteur et me suis approché lentement, les mains dans les poches.

Bonjour monsieur.

– Bonjour.

– Je suis Gwenaëlle Loizeau de l'agence Orpi. Je vous présente M. et Mme Trimbert. Vous êtes monsieur Khôll c'est ça ?

– Oui, c'est moi. Mais… Qu'est-ce que vous faites là ?

– Bah… Je suis venue pour la visite. J'ai eu votre femme au téléphone…

– Mon ex-femme.

– … votre ex-femme au téléphone et nous étions convenues d'un rendez-vous ce matin. Je suis assez surprise, je ne pensais pas vous trouver là.

– Comment auriez-vous pu faire une visite si je n'avais pas été là ? Et puis une visite pour quoi faire ?

– Mais j'ai la clé, votre fem… enfin, votre ex-femme me l'a envoyée. Et la visite c'est pour la vente de la maison.

– De quoi vous me parlez, madame, cette maison n'est pas à vendre.

– Je ne comprends pas, votre ex-femme nous a pourtant confié le mandat…

– Quoi ?!

– Oui, je peux vous montrer les documents…

– Bon, écoutez, je vais vous demander de partir, cette maison n'est pas à vendre, j'en suis copropriétaire et il n'a jamais été question de la vendre. Au revoir.

Le gars de la Toyota a levé les yeux au ciel avec l'air du type qui n'a pas que ça à foutre.

– Vous plaisantez monsieur j'espère. C'est scandaleux, mademoiselle. Nous sommes venus spécialement de Paris pour voir cette maison, dont l'annonce a été validée par l'agence Orpi, nous n'avons aucune intention de repartir sans l'avoir visitée.

– Et moi je vous conseille de foutre le camp. C'est ou une erreur ou un malentendu, j'en suis désolé pour vous, mais cette maison n'est pas à vendre.

– Monsieur Khôll, a dit l'agente, je suis confuse, je pense qu'il serait bien que vous communiquiez avec votre ex-femme parce que moi…

– Madame, la communication que j'ai ou que je n'ai pas avec mon ex-femme ne vous regarde pas. Maintenant je vais vous demander de partir.

– Il n'en est pas question, a répondu le bellâtre pieds nus dans ses mocassins.

J'ai rien dit. Je les ai regardés une dernière fois puis je me suis dirigé vers l'atelier d'où je suis ressorti avec la tronçonneuse que j'ai fait démarrer d'un coup sec en retournant vers les voitures. Il n'en a pas fallu plus pour qu'ils se carapatent dans leurs véhicules. Le gars était si affolé qu'il s'est pété un phare arrière contre un muret en manœuvrant. J'ai attendu qu'ils s'engagent dans le chemin boisé et j'ai arrêté mon engin. Je ne comprenais pas ce qui venait de se passer. Je ne pouvais pas croire ce qui venait de se passer. Non, ça ne devait être qu'un malentendu. J'ai sorti mon téléphone de ma poche et appelé Inès.

– C'est moi, c'est quoi cette histoire de vente de la maison ? Y a une fille de l'agence Orpi qui vient de débarquer avec un couple pour la visiter ?

– …

– Inès ?

– Je te l'avais dit, Adrien.

– Comment ça, tu me l'avais dit ?!

– On en a parlé il y a trois semaines quand tu as ramené les enfants, je t'ai dit que je mettais la maison en vente.

– Non, tu m'as dit que tu y pensais. Qu'il fallait qu'on en reparle. Et je t'ai répondu qu'il n'en était pas question. Et tu as répondu : Bon bon, très bien. J'ai ajouté en te regardant dans les yeux : Moi je ne vends pas cette maison. Tu as conclu cette conversation toi aussi les yeux dans les yeux en disant : D'accord.

– Oui… mais parce que c'était pas le moment d'en parler, entre deux portes, et que tu n'y étais pas disposé… mais…

– Il n'y a pas de mais, Inès, je ne vends pas cette maison.

– Adrien, j'ai besoin de cet argent.

– Comment ça, tu as besoin de cet argent ? Tu as l'appartement et je continue à payer un tiers du loyer comme c'était convenu, qu'est-ce que tu veux de plus ?

– Je sais, et c'est très élégant de ta part mais… je… je vais m'installer avec Damien et nous allons acheter. Il nous manque trois cent mille euros, c'est exactement la part de la maison.

– Eh bien je suis désolé mais tu ne pourras pas acheter avec lui. Installez-vous ensemble si vous le souhaitez mais en louant.

– Adrien, j'ai soixante pour cent des parts de cette maison, nous sommes maintenant divorcés et comme le stipule la loi nul n'est tenu de rester dans une indivision.

– Ne fais pas ça Inès, ne fais pas ça.

J'ai raccroché et je me suis assis dans l'herbe. La situation était limpide, il m'était impossible d'empêcher cette vente. Au mieux, je pouvais la ralentir mais je n'avais pas les liquidités pour racheter sa part. Tôt ou tard cette maison ne m'appartiendrait plus, ce n'était qu'une question de temps et d'obstination pour Inès. Et après toutes ces années à vivre ensemble, j'avais pu mesurer son exceptionnelle capacité de marathonienne à ne rien lâcher. Mon ex-femme n'était pas une bagarreuse mais elle possédait la souplesse et la solidité d'une liane. Si elle ne s'énervait jamais, elle ne rompait jamais non plus.

Inutile de préciser à quel point je fus abattu pour le restant de la journée. En début de soirée, Anselme me téléphona. Il comprit à ma voix que cela n'allait pas. Je lui expliquai la situation et il me proposa de dîner chez lui.

– Non, merci. Je préfère rester ici.

– Tu veux que je passe ?

– Si tu veux…

Il arriva dix minutes plus tard avec trois bouteilles de cidre, deux andouillettes et une anode hybride qui permettrait enfin de réparer le ballon d'eau chaude. Il s'en était souvenu alors que nous avions évoqué cette pièce manquante un mois auparavant. Il voulut se lancer dans la réparation mais j'insistai pour le faire moi-même.

– Elle préfère quand c'est moi qui prends soin d'elle, j'ai dit.

– Qui ça ? il a répondu.

Elle, j'ai désigné du menton en restant évasif. Puis j'ai attrapé mes outils et me suis dirigé vers la salle de bains. J'ai posé la main sur le ballon métallique comme on le fait sur l'encolure d'un cheval puis j'ai démonté le boîtier. J'ai dévissé avec délicatesse, sorti les pièces méticuleusement et patiemment. Ces gestes-là, je les aimais tant. J'avais la sensation de les faire pour la dernière fois. S'en rendait-elle compte ? Est-ce qu'elle savait que je la caressais peut-être pour la dernière fois ? Elle était mourante lorsque nous l'avions achetée, pratiquement une ruine. Petit à petit, je lui avais redonné vie, rendu son âme et sa respiration. Cela peut sembler ridicule mais je suis persuadé qu'une maison est un être vivant qui exprime son mécontentement lorsqu'on la néglige, mais est capable de manifester sa fidélité si on veut bien lui accorder quelque attention.

Une fois les réparations terminées, j'ai rejoint Anselme dans le salon, il avait déjà sifflé presque une bouteille. Je l'ai laissé cuisiner parce que je n'avais pas le cœur à cela. Je l'entendais roter bruyamment et remuer sa carcasse crasseuse, attrapant poêles, casseroles et ustensiles comme s'il avait été chez lui. Il m'avait tellement aidé lors des travaux qu'il connaissait cette maison autant que la sienne. Nous avons passé la soirée devant le feu, c'est surtout Anselme qui parlait, pour ne pas me laisser trop seul, mais sachant aussi se taire quand il le fallait, avec cette intelligence animale qu'ont parfois les gens rustres, lourdauds, qui savent être plus fins qu'ils n'y paraissent dans les moments opportuns. Je l'ai mis dehors vers minuit et je suis monté me coucher en laissant tout ouvert.

Les jours qui suivirent, je fis deux ou trois vaines tentatives pour convaincre Inès. Elle ne céda pas. Je finis par me résoudre, conscient qu'il était inutile de perdre mon énergie dans un combat perdu d'avance. Les visites reprirent et je m'arrangeais pour ne jamais être là lorsque d'éventuels acquéreurs se présentaient. En moins de dix jours l'affaire fut conclue. Je passai seul mon dernier mois dans cette maison qui, de toute évidence, me fit payer ce qu'elle considérait certainement comme un abandon. Les plombs sautaient, les serrures se grippaient, un jour une vitre se brisa alors que le vent n'avait pas plus de puissance qu'un soupir, le lendemain, une poignée me resta dans les mains. Deux jours avant la signature, le Kubota tomba en panne, là c'est vraiment la fin monsieur Khôll, me dit le concessionnaire.

Il était hors de question que je retourne à Paris. Anselme me proposa alors d'emménager dans une aile de sa ferme. C'était très rudimentaire mais parfait le temps de toucher ma part et de retrouver une bicoque dans le coin. Il me convainquit de ne pas abandonner mon projet de racheter les vergers à pommes. Il m'avait aidé à vider la maison et à transporter mes affaires dans sa camionnette. Le déménagement nécessita quatre ou cinq voyages. J'avais pris soin de ne laisser que des bricoles réclamant la présence d'une seule personne pour fermer la maison. J'étais incapable de le faire moi-même alors je lui demandai d'y retourner sans moi, ne restait plus qu'à prendre quelques cartons, tirer la porte, glisser la clé et tourner deux fois. C'était au delà de mes forces, comme si je partais sans dire au revoir. Il comprit et s'exécuta.

Ma première soirée chez lui fut terrible. Le logement qu'il m'avait prêté était dégueulasse, insalubre, puant, ma maison me manquait. Je ne pris même pas la peine de faire le lit. Je m'y allongeai sous une couverture, une bouteille de son abominable eau-de-vie à portée de main avec l'espoir que l'alcool m'assomme au plus vite. Ce qui, Dieu merci, fut le cas. Je fus réveillé en pleine nuit par des cris. Je n'y prêtai pas attention tant j'étais habitué à cette vie nocturne agitée que peuvent mener les ivrognes. Mais Anselme insista.

– Réveille-toi, bordel, hurlait-il depuis une de ses fenêtres. Ça crame, ça crame !

Je me levai difficilement avec une atroce douleur au crâne et sortis dans la cour. Là, je vis Anselme pisser dehors depuis la fenêtre de sa chambre.

– Là-bas, chez toi. Ça brûle. Monte. Monte !

Ce que je vis depuis l'étage ne laissa aucun doute. La lueur qui dépassait de la colline venait bien de ma maison et, comme en témoignait la taille des flammes malgré la distance, l'incendie ne venait pas de se déclarer. Nous filâmes jusqu'à la voiture pieds nus, Anselme, lui, carrément en slip. Il roula à vive allure sur le chemin de terre en jurant des couilles de moines de putain de sainte mère mais comment c'est possible, c'est pas possible, putain c'est pas possible ! Quatre minutes plus tard, nous faisions face à un brasier tel qu'il nous était impossible de nous approcher à moins de vingt mètres. Le feu dépassait les arbres et engloutissait la maison dans sa fureur. Il n'y avait plus rien à faire.

Un mois plus tard, le rapport d'expert de l'assurance fut formel, le feu était parti du circuit électrique.

– Ta baraque a pas supporté que tu la quittes, a conclu Anselme, elle a fait un infarctus.

Le meilleur écrivain

Hier j'ai assisté à une rencontre entre un écrivain et son public. Ils avaient organisé ça dans un grand théâtre tout frais construit à la sortie de la ville. J'y suis allé parce que j'avais lu deux ou trois livres de cet auteur et aussi parce que depuis que je ne bois plus j'essaye de me trouver des trucs à faire pour éviter de traîner dans les bars ou de rester à picoler bêtement devant la télé. Il y avait beaucoup de monde, pas loin de deux cents personnes, peut-être plus, j'avais pas compris que ce type était connu à ce point. Tout de suite, la fille qui animait la conversation l'a présenté comme le meilleur écrivain français vivant. Et ce qui m'a frappé c'est que le gars n'a pas tiqué devant le compliment. Il a rien dit, il a laissé la journaliste résumer son parcours et citer ses livres les plus importants avant de lui poser la première question. Il a répondu avec beaucoup d'aisance, comme s'il connaissait son sujet sur le bout des doigts. Il parlait bien. Moi, je sais que si j'étais écrivain j'arriverais pas à répondre avec autant de facilité. Je suis sûr que je chercherais mes mots, j'hésiterais longuement avant de répondre, enfin lui, c'est un professionnel, ça se voyait. J'y connais pas grand-chose en littérature, je lis cinq six bouquins par an et encore, je peux dire qu'un livre me plaît mais je saurais pas affirmer si c'est bon ou pas. Quand je parle d'un livre qui m'a plu j'ai toujours du mal à expliquer pourquoi. Mais bon, moi je suis couvreur, je suis pas écrivain. C'était intéressant ce qu'il disait le gars, j'ai juste pas compris quand il s'est mis à dire ce que devait être la littérature, il citait des noms que j'avais jamais entendus, Dante, Cafka, Borgès (je sais pas si ça s'écrit comme ça)... Flaubert, oui, je voyais qui c'était, j'avais lu des passages de *Madame Bovary* en seconde. Rimbaud aussi, Rimbaud tout le monde sait qui c'est, pareil que le Che, même si t'as jamais rien lu d'eux ou que tu ignores tout de leur vie t'as vu leur tronche sur des T-shirts. À un moment, il s'est mis à dézinguer ses collègues en disant que la littérature contemporaine était trop souvent des chroniques de vies bourgeoises avec des problèmes de CSP+ qui ont rien d'autre à foutre que de cogiter sur des trucs insignifiants et mille fois rabâchés. Peut-être qu'il avait raison, je sais pas, ce qui est sûr c'est qu'il parlait tellement bien qu'on avait envie de le croire. Après il a expliqué que la littérature était faite pour montrer le réel dans toute sa complexité, même, et surtout, si ce réel est dur, dégueulasse, ignoble, mais ce qui est sûr c'est que c'est pas fait pour montrer des sentiments ouatés. C'était vachement intéressant. J'ai trouvé ça bien que la municipalité organise ce genre de rencontre. En rentrant chez moi je me sentais aussi bien que si j'avais picolé. Ça m'a donné envie de lire d'autres de ses livres, mais quand même, on me retirera pas de l'idée que ce type pensait vraiment faire partie des meilleurs.

Ce matin je suis allé chercher mon fils à la gare, je le vois qu'un week-end sur deux. Comme je lui avais promis je l'ai emmené au skate park. Là, il y avait Antoine Albeau avec ses enfants. Ses trois gamins étaient nettement plus doués que le mien, même les deux plus jeunes. En même temps, avec le père qu'ils ont c'est pas étonnant qu'ils aient le sens de l'équilibre. Albeau il a été vingt-cinq fois champion du monde de planche à voile. Lui, oui, on peut dire que c'est le meilleur. Trois quatre fois ça peut provoquer le débat, tu peux avoir un autre gars qui a remporté le trophée sur un autre terrain, dans d'autres circonstances, mais vingt-cinq fois, tu peux rien dire, c'est lui le patron. Quand tu as le record de vitesse sur une planche à 53,27 nœuds, c'est clair. Un record de vitesse et vingt-cinq victoires, t'es le meilleur, c'est tout. C'est à ça que je pensais en préparant le déjeuner, en littérature t'as pas de chronomètre ou de ligne d'arrivée, t'as pas de score à la fin du match, alors t'as pas de meilleur. C'est peut-être qu'une théorie de couvreur mais je pense qu'elle est imparable ma théorie.

Un autre destin

Parfois, lorsque je rentre du travail, je me rêve un autre destin. Aujourd'hui, probablement parce que pendant quinze jours je me suis enfilé les cinq saisons de *Gomorra*, j'étais Don Lorenzo (en fait je m'appelle Laurent), que ma garde rapprochée s'autorise, avec mon consentement cela va de soi, à m'appeler Don Lo. Je suis une espèce de parrain camorriste à la tête du plus puissant trafic de drogue de France entouré d'une armée de soldats sanguinaires, prêts à tous les sacrifices pour obtenir de moi protection et reconnaissance. Je suis le chef d'une ville dans la ville ayant imposé ses vérités en deçà et au-delà de ses frontières. Lors d'une mémorable et meurtrière guerre des gangs qui fit la une de tous les journaux d'Europe, 347 morts en six mois, j'ai anéanti tous mes rivaux et aucune place de deal à cent kilomètres à la ronde, aussi insignifiante soit-elle, ne s'ouvre sans mon approbation. Je suis le saint et le démon, je contiens à la fois le meilleur et le pire de l'homme. Chaque année, pour Noël, je fais livrer sur la grande place centrale de la cité un sapin décoré haut de vingt mètres dont les lumières illuminent les yeux des enfants. Le 24 décembre, à 10 heures, la distribution de cadeaux rassemble presque trois cents personnes. Pratiquement tout le monde, ici, a trouvé un travail grâce à moi. Toutes les veuves de mon armée touchent une pension mensuelle de deux mille euros en liquide, j'ai financé le gymnase, la salle des fêtes, la bibliothèque et la discothèque du quartier. Je suis la justice et la police, c'est moi que l'on vient consulter si un différend oppose deux personnes ou deux familles, alors j'écoute silencieusement, et lorsque ma parole tombe, parcimonieuse, elle vaut le glaive et le goupillon. On me baise la main comme celle d'un évêque, on me craint parce qu'on m'admire et on m'admire parce qu'on me craint. Quant aux politiques, ils reconnaissent ma puissance et composent avec mes accords ou mes refus. Même Pablo Escobar s'est approprié ma fameuse devise, *Plata o plomo*. De Naples à Marbella, de Hambourg à Medellín, de Kaboul aux vallées du Rif je suis le personnage le plus respecté de la pègre. Quand on me croise, la soumission s'impose comme on s'arrête et se courbe devant un monarque :

– *Uè Don Lorenzo, come state ?*

– *Tutt' appost'.*

– *Bonaser' a tutta la famiglia.*

Je ne me déplace jamais sans mes trois gardes du corps plus ferraillés que l'US Navy, leurs gueules cabossées, leurs oreilles aux pavillons boursouflés et leurs balafres témoignent de ce qu'ils sont capables d'endurer, quant à leurs masses, elles tiennent à distance les taureaux et les ours. On m'ouvre les portières de voiture et me précède lorsque j'entre quelque part, un devant, deux derrière, toujours, et le silence se fait immanquablement à mon arrivée. Mon comptable et mon avocat, tout comme la vingtaine d'hommes de mon équipe rapprochée, sont joignables et disponibles vingt-quatre heures sur vingt-quatre. Je vis dans une maison, construite sur une colline qui domine la cité, où le mauvais goût clinquant le dispute au raffinement de toiles de maîtres. Mes enfants sont gardés par des nounous philippines, danoises ou britanniques. Ma femme, sur laquelle les années et les grossesses n'ont aucune prise, est d'une beauté photoshoppée, elle passe ses journées à faire de la représentation dans ses nombreuses associations caritatives ou à dépenser sans compter chez les plus grands couturiers. Je possède deux piscines, une extérieure et une intérieure, un home-cinéma, un hammam, un terrain de squash et un aquarium géant où évoluent gracieusement murènes et barracudas. Je connais la solitude des rois.

Après une heure d'embouteillages sous une pluie hivernale, lorsque j'ouvre ma porte, toujours ce même rituel. Je suspends mon manteau dans la penderie, retire ma cravate que je plie soigneusement, puis ma veste que j'époussette de ses pellicules, dénoue mes souliers, enfile mes chaussons-chaussettes, puis un pull, me dirige vers la salle de bains, laisse couler l'eau pour qu'elle se réchauffe, me lave les mains, me regarde dans la glace en inspirant profondément et, une fois tous ces gestes accomplis, m'apprête à passer ma soirée de modeste fonctionnaire du ministère des Finances publiques devant trois épisodes de *Succession* avec un plateau-repas. Demain, je serai un milliardaire contraint de manipuler les ambitions de sa descendance.

Seuil de tolérance

Il est comme une mauvaise météo qui fait partie du paysage. On s'y habitue, par la force des choses, parce qu'il n'est pas la seule raison pour laquelle on a choisi de vivre dans cette contrée nuageuse. Pourtant, avec le temps, il finit par peser, par lasser, et, parfois, par épuiser. Mon sale caractère est cet ennemi intérieur qui m'a fait perdre de nombreux combats. Malgré un âge censé modérer les humeurs pour distinguer ce qui compte de ce qui n'a aucune importance, je continue de monter dans les tours pour des choses insignifiantes, de gueuler pour des broutilles, de m'agacer pour des détails. Ma femme, qui a subi ces éclats pendant presque vingt ans, a, en toute logique, atteint son seuil de tolérance. Sans que je voie rien venir, après le long silence et la froideur de ceux qui supportent, elle m'a annoncé hier qu'elle avait décidé de me quitter. Elle a attendu la fois de trop, celle que je n'ai pas su contenir faute d'habitude, de mécanisme acquis, de routine et de bêtise. Elle est partie. Et je me suis retrouvé seul face aux loups que j'avais trop souvent annoncés sans raison.

Sept

Mon chiffre, c'est le sept. Je suis née le 7 juillet 1977. Je ne suis jamais restée plus de sept ans avec un homme. Depuis que j'ai quitté mon mari, il y a sept ans, j'ai eu six aventures dont la plus courte a duré sept jours et la plus longue sept mois. Demain, pour mon anniversaire, une amie veut me présenter un homme de quarante-sept ans. Nous avons rendez-vous à 7 heures du soir pour un apéro. Elle m'a longuement parlé de lui et m'a appris que ce type était né dans le 07 (Ardèche), qu'il vivait dans le septième arrondissement de Paris au 7 rue de Bellechasse. S'il se passe quelque chose entre lui et moi, il sera donc mon septième amant en sept ans. Il se passera quelque chose entre lui et moi, c'est évident, et nous resterons sept ans ensemble. Je ne l'ai jamais vu, mais je le sais.

Pour que l'été soit toujours à venir

Plusieurs personnes m'avaient parlé de cette région comme étant une des plus sauvages de France. Et poissonneuse avec ça. J'avais grandement besoin de me recentrer, de me retrouver seul pendant cinq ou six jours. Un soir, après le dîner, je m'étais mis à mon ordinateur pour me trouver un gîte, un billet de train et une voiture à louer. En moins de temps qu'il n'en fallut à ma femme pour regarder un épisode de série tout était organisé. Le gîte se trouvait à trois heures de train de Paris et deux bonnes heures de route de la gare la plus proche. Loin de tout, exactement ce que je cherchais. À peine arrivé, j'ai sorti mes cartes IGN et demandé au propriétaire des lieux de m'indiquer les meilleures rivières, les coins où j'étais certain de ne croiser personne et où j'aurais peut-être une chance de sortir quelques truites de l'eau.

– Pour ce qui est de croiser personne, c'est simple, pratiquement partout. Il suffit de s'éloigner d'une cinquantaine de mètres des GR ou des sentiers. Pour le poisson, c'est une autre affaire, les rivières s'assèchent d'année en année et les prises se font de plus en plus rares.

Il m'a conseillé quelques rivières sans grande certitude, m'indiquant toutefois celles où il était inutile que je perde mon temps.

Le lendemain matin je partais en expédition. J'ai arpenté des vallées, des coteaux, des combes, des adrets, des ravines, j'ai roulé pendant des heures, garé la voiture, me suis enfoncé dans des forêts à faire peur tant c'était dense et loin du monde, j'ai remonté des ruisseaux, suivi des rus, des lits de rivières à sec, rien. Le surlendemain, rebelote parce que je suis pas du genre à me décourager et à renoncer quand j'ai une idée en tête. Je me suis arrêté à chaque pont pour voir ce qu'il y avait en dessous, j'ai descendu des pentes plus raides que des murs de varappe, j'ai traversé des ronciers plus agressifs que des tigres, j'ai manqué dix fois de glisser sur des rochers, mais rien. Et comme ça pendant quatre jours. Le cinquième jour, l'avant-veille de mon retour, je suis enfin tombé sur ce que je cherchais. Une rivière digne de ce nom, franche, vive, joyeuse, avec des cascades, des trous plus larges que des piscines californiennes, des gravières scintillantes, des rochers alanguis. Vous pouvez me griller les pieds je dirai pas où c'est. J'ai monté ma canne en riant tellement j'étais heureux et je m'y suis mis. J'ai sorti une, deux, trois, cinq, huit truites ! C'était plus une partie de pêche, c'était un festin babylonien. Je les remettais toutes à l'eau et tentais ma chance un peu plus loin, il ne me fallait pas plus de quatre ou cinq lancers pour en ramener une. Des pas bien grosses mais c'était égal. Je n'avais jamais connu ça. Ensuite, je me suis déshabillé et j'ai sauté dans une eau à durcir les muscles et à rendre les couilles plus dignes. Je me suis laissé porter par le courant, douché sous des cascades, enfoncé dans des bassins naturels, j'ai fait la planche en regardant les arbres, j'ai nagé comme Tarzan, j'ai barboté, glougloutté, enfin j'ai fait tout ce qu'on peut faire dans une rivière. Avant de sortir, j'ai même réfléchi un moment pour voir si je n'avais rien oublié. Après ça, je me suis allongé sur un rocher et j'ai laissé la musique de l'eau qui coule m'emmener jusqu'au soir. Et puis ça m'est tombé dessus brutalement. Une espèce d'abattement, de tristesse inexplicable avec ce vers d'Henrik Nordbrandt qui tournait dans ma tête comme un mantra : « Je souhaiterais que jamais n'arrive l'été pour que l'été soit toujours à venir. » Maintenant que j'avais trouvé mon paradis je n'avais plus aucun désir.

Tous les jours au Saint-Claude

J'en ai eu confirmation en fouillant son téléphone. Depuis plusieurs semaines je suspectais quelque chose. Alors j'ai fait ce qui ne se fait pas mais que tout le monde fait parce qu'il y a des moments où la détresse fait faire ce qui ne se fait pas. (Oui je sais, il y a beaucoup le verbe faire mais c'est fait exprès [tiens encore un].) Le premier message datait d'un mois environ : « Pour se revoir ce ne sera pas compliqué, je suis tous les jours au Saint-Claude de 16 h à 19 h sauf le week-end… » J'ai trouvé ridicule ces points de suspension, cette façon d'inviter sans l'assumer. Ils se sont vouvoyés pendant à peine dix jours et au bout de deux semaines, vu les textos en dessous de la ceinture, manifestement, ils avaient couché ensemble. J'ai lu tous ces messages et je me suis demandé pourquoi elle ne les avait pas effacés. Je n'arrivais pas à savoir si c'était délibéré ou non. Si c'était de la négligence (vis-à-vis de moi) ou de la perversion.

Ce jour-là elle devait se rendre à Paris pour son travail. Alors, j'ai décidé d'aller au Saint-Claude. Le matin, je suis passé chez un armurier m'acheter un revolver de défense plus vrai que nature. J'ai choisi un Smith & Wesson de 9 mm à blanc. Il m'a rappelé l'arme de Mannix. J'ai téléchargé le générique de cette série de mon enfance sur mon iPod et l'ai passé en boucle durant tout le trajet en bus. J'imaginais qu'il prenait la fuite puis que l'on se poursuivait en voiture parce que la musique s'y prêtait bien. Il fallait une situation rapide avec des crissements de pneus et des poubelles renversées, sinon ça collait pas. À côté de moi, dans le bus, il y avait une grosse femme qui respirait bruyamment et mangeait des chips. On a traversé les quartiers de périphérie de cette sinistre ville de province à trente kilomètres-heure sans qu'il se passe rien et j'avais une fausse arme dans la poche. Je suis descendu à l'arrêt de la mairie et j'ai traversé la grand-place en diagonale jusqu'au café. Je me suis arrêté à une quinzaine de mètres devant en me demandant pourquoi beaucoup de bars s'appelaient Saint-Claude ou Saint-Jean. Il ne devait pas y avoir plus de sept ou huit clients. Deux hommes étaient seuls à leur table et, manque de bol, les deux pouvaient parfaitement être l'amant de ma femme. Du coup j'ai appelé l'établissement et j'ai demandé à parler à Claudia Kalfon, ma femme. Le type a dit ne quittez et pas et il a gueulé qu'on demandait Claudia Kalfon au téléphone, de la part de Benjamin. J'ai vu un des deux gars faire une tête bizarre alors j'en ai déduit que c'était lui. Le barman a dit elle est pas là et il a raccroché. J'ai attendu une minute et je suis entré. Je me suis assis à une table en face de son amant et j'ai commandé un café. Puis je ne l'ai plus quitté des yeux. Au début, il faisait mine de ne pas me prêter attention mais devant l'insistance de mon regard il s'est mis à me regarder de plus en plus souvent. Ça le mettait mal à l'aise. Quand j'ai senti que ça devenait désagréable pour lui j'ai sorti mon téléphone et j'ai appelé ma femme en parlant suffisamment fort pour qu'il m'entende.

– Claudia c'est moi, je suis passé en ville, du coup je viendrai te chercher à la gare, rappelle-moi pour me dire l'heure de ton arrivée.

Là, le type a commencé à tortiller du cul sur sa banquette. J'ai raccroché et je l'ai regardé avec un air de tueur. J'ai attrapé le journal, que j'ai feuilleté en sifflotant. C'était clair que le type n'était plus du tout à son affaire, il ne cessait de croiser et décroiser les jambes derrière son ordinateur. Je ne voulais pas qu'il parte avant moi, alors je me suis levé et je me suis approché de lui. En rentrant ma chemise dans mon pantalon j'ai pris soin de lui montrer le revolver glissé sous ma ceinture au niveau de l'aine et je lui ai demandé l'heure. Il a vu le revolver, de ça je suis certain. Il a bredouillé 17 h 50 et je suis sorti en le laissant se noyer dans sa trouille. Ensuite je me suis positionné à l'extérieur, dans son champ de vision à une trentaine de mètres sans quitter le bar du regard, comme un tueur à gages attend son client. Le gars s'est mis à paniquer. Il a sorti son portable et envoyé des textos, à ma femme, de toute évidence, puis il a passé deux ou trois brefs coups de fil, tombant probablement sur des répondeurs. Intérieurement je me bidonnais. C'était délicieux ce pouvoir. Je suis resté pas loin d'une heure, comme ça, à le regarder mariner dans l'angoisse. Je voulais que ses chaussettes lui glissent sur les chevilles, je voulais voir les hyènes l'entourer, attirées par l'odeur de la peur. Ensuite, pile au moment où il a tourné son regard vers moi, je l'ai désigné du doigt comme faisait Obama dans les meetings, un geste classe, un geste d'homme plein d'assurance. Et je suis rentré chez moi. J'étais aussi excité que lors d'un premier vol de voiture, ou une première grosse connerie d'ado. Ébahi par la facilité.

Ma femme est rentrée vers 20 heures. Elle était chafouine, comme quelqu'un qui veut pas en parler, oui oui ça va, la journée s'est bien passée. On a mangé une pizza décongelée devant *Top Chef* et moi qui déteste cette émission je faisais plein de commentaires, oh dis donc y sont forts les gars, c'est pas con cette association de moules et de brie… Ma femme disait rien, les jambes repliées sous ses fesses en fumant plus que d'habitude. Elle se passait aussi beaucoup la main dans les cheveux, et ça, je sais ce que ça veut dire. On s'est couchés vers minuit. J'ai attendu qu'elle s'endorme et je me suis relevé une heure après pour fouiller son téléphone. Ça avait manifestement chauffé entre eux deux, leur échange finissait par :

Lui : Non, ce n'est pas négociable, ton mari est un dingue, c'est terminé.

Elle : Très bien, alors va te faire foutre, couille molle.

Et en dessous : Benjamin, quand tu liras ce message cette nuit, sache que c'est terminé aussi entre nous.

Une belle soirée

Je n'ai jamais compris ce plaisir de se réunir dans un appartement trop petit, à trop nombreux, avec dans les oreilles une musique trop forte qui vous oblige à hurler pour dire des choses qui n'ont aucun intérêt.

J'avais dit oui parce que je l'aimais et que malheureusement quand on aime on dit souvent oui alors qu'on a qu'une envie c'est de prononcer un non clair et sans appel. Mais on aime… alors bon… Ça lui faisait plaisir, je pouvais bien supporter ça, ce n'était pas non plus insurmontable. Le problème quand on reçoit quatre-vingts personnes chez soi c'est qu'au moment où on dit oui on visualise juste quatre-vingts personnes souriantes et sympathiques en train de boire gentiment un verre dans une ambiance feutrée de salon républicain où personne ne parle trop haut, où la gestuelle est sobre et diplomatique et où la circulation se fait dans une fluidité de ballet russe, mais on oublie que pour mettre quatre-vingts personnes chez soi il faut d'abord faire de la place et que quatre-vingts personnes ça écluse pas mal et bouffe comme quatre-vingts ! Donc, dès le matin elle me dit d'une voix douce et tendre qu'il ne fallait pas trop traîner pour faire les courses, le ménage, la cuisine et pousser, déplacer et porter les meubles. Alors nous sommes allés faire des courses pour quatre-vingts. Des courses pour deux ça peut être lourd, pour quatre-vingts… comment dire, ça doit se rapprocher de ce que ressentent des haltérophiles ou des terrassiers, enfin des gens qui soulèvent des choses très très lourdes. J'ai évidemment suggéré la livraison mais c'était impossible avant 18 heures. Quatre allers-retours tout de même. Bien, une fois les victuailles et les boissons rangées, il a fallu se mettre dare-dare aux casseroles pour que les salades de pâtes, de riz, de poulet, de quinoa, de brocolis et je ne sais quoi encore aient bien le temps de refroidir. J'ai donc rincé, épluché, coupé, émincé, égoutté, réservé, assaisonné, mixé, mélangé sous les ordres de ma douce et tendre, un peu comme un commis de cuisine qui apprend le métier. Disponible et sans initiative. Ensuite une autre séance de musculation avec la place à faire pour danser. C'est pas foncièrement long mais c'est intense. Tout l'inverse du cardio. On sent que le cœur pompe au maximum et que la machine entière donne tout ce qu'elle peut. Dieu merci le corps est bien fait et sait toujours envoyer des signaux avant la surchauffe fatale comme une violente douleur dans le dos, un pouls à 160 ou une tétanie des bras qui ont supporté trop longtemps l'armoire du grand-père avant qu'on décide enfin où la mettre. C'est dans ces moments-là que le corps donc, cette mécanique d'une remarquable intelligence, vous dit très clairement que ce ne sont pas des choses à faire tous les jours. Et une fois que le salon est assez dégagé pour danser : le ménage ! Parce qu'on ne reçoit pas ses amis dans un appartement sale. Ce qui a priori paraît logique alors que ça ne l'est pas du tout puisqu'ils vont le mettre, justement, dans un état de crasse dont on n'a pas encore idée mais que l'on découvrira le lendemain matin, au moment où, justement encore, on aura un besoin presque vital de propreté, de douceur et d'harmonie. Un ménage pour soixante-dix mètres carrés, à deux il faut prévoir deux bonnes heures. Aspirateur, balais, éponges pour récurer, frotter, épousseter, briquer, avec la même bonne humeur que les sept nains avant l'accueil de Blanche-Neige. Il faut siffloter et accrocher son sourire jusqu'aux oreilles pour bien exprimer que, même si on est en train de faire le truc qu'on déteste par-dessus tout, on est vraiment vraiment content de recevoir quatre-vingts personnes chez soi ! Il est 19 h 30, tout est enfin prêt, et là, on se dit, tiens je me ferais bien une soupe avant de me glisser sous la couette, malheureusement la couette c'est pour dans longtemps, très longtemps ! On a juste le temps de se prendre une toute petite douche fissa, disons deux minutes, pour libérer la salle de bains parce qu'allez savoir pourquoi mais si un homme est capable de se doucher et de s'habiller en cinq minutes, une femme, il lui en faut au bas mot quarante. L'avantage c'est que ça laisse vingt-cinq minutes pour rassembler le peu de force qu'il vous reste, jusqu'à la moindre gouttelette d'énergie pour ne rien perdre et bien compacter tout ça en soi parce que l'instinct vous fait penser que vous allez en avoir sérieusement besoin. Elle me dit qu'elle en a pour vingt/vingt-cinq minutes maxi, comprendre trente-cinq/quarante. Mais ce qui, à une autre occasion, vous ferait serrer les dents et tendre la nuque vous fait là l'effet d'une aubaine à ne surtout pas rater. Une bonne demi-heure pour récupérer ça ne se gâche pas. Alors je me suis allongé sur le canapé et j'ai laissé mon corps se ramollir comme une pâte à pain qu'on vient de triturer dans tous les sens. C'était aussi bon que se glisser dans un bain chaud après une nuit d'igloo. Je me suis endormi en moins de trois minutes. Et réveillé en moins d'une seconde par un bruit dur et acide, l'interphone. J'ai entendu merde je suis pas prête va ouvrir, alors je suis allé ouvrir en jetant un œil à l'horloge pour voir si j'avais bien dormi, 20 h 07. On avait dit à partir de 20 heures et manifestement il y a des gens qui ne plaisantent pas avec la ponctualité. C'était le début du marathon.

À peine le temps de dire bonjour, de déboucher la bouteille qu'on venait de me mettre entre les mains et à nouveau cette maudite sonnette d'interphone qui fait, à chaque fois qu'elle retentit, sursauter le chat. Et moi parce que j'ai du chat la discrétion, la prudence et le besoin physiologique de dormir vingt heures par jour.

– Saluuuuut, ça va ? Ah merci pour la bouteille, entre, tu peux mettre tes affaires dans la chambre, je te sers un verre ?

Interphone, sursaut.

– Saluuuuut, ça va ? Ah merci pour la bouteille, entre, tu peux mettre tes affaires dans la chambre, je te s… ?

Interphone, sursaut.

– Saluuuuut, ça va ? Ah merci pour la bouteille, entre, tu peux mettre tes af…

Interphone, sursaut.

– Saluuuuut, ça va ? Ah merci pour la bouteille, ent…

Interphone, sursaut.

– Saluuuuut, ça va ? Ah merci pour la bout…

Interphone, sursaut.

– Saluuuuut, ça va ? Ah merc…

Ils sont pratiquement tous arrivés en même temps. J'ai rejeté un œil à la pendule, à 20 h 49 il était arrivé soixante-trois personnes, et puisque dans le tas il y avait pas mal de couples, ça fait une sonnerie d'interphone toutes les quarante-cinq secondes environ. En trois quarts d'heure j'ai pas pu finir une seule phrase. Et puis ils sont tous venus avec une bouteille, la peur de manquer, sans doute. Je m'étais donc ruiné le dos pour rien à porter des litres et des litres de champagne-vin-soda-vodka-whisky et jus en tout genre. (Enfin, que je croyais…) Et puis à 21 heures, à force de déboucher tout ce qu'on m'offrait, j'avais un tennis-elbow au bras droit. La plupart, bien sûr, n'avaient jamais vu l'appart, alors il a fallu jouer l'agent immobilier. Donc là, la chambre, orientée sud-est, beaucoup de soleil le matin, ce qui est très agréable… Donc là, la chambre, orientée sud-est, beaucoup de soleil le matin, ce qui est très agréable… Donc là, la chambre, orientée sud-est, beaucoup de soleil le matin, ce qui est très agréable… Et tout ça en faisant en même temps le serveur discret qui passe au milieu des convives pour remplir les verres. Sauf que moi, j'étais pas le serveur mais l'hôte, alors tout le monde voulait trinquer : « À votre nouvel appart, bravo, c'est magnifique ! » Donc je trinquais. Et à 21 h 45, à force de fêter cette crémaillère avec tout le monde, j'avais besoin d'un bâton de sourcier pour retrouver ma chambre. Moi qui ne bois jamais, en une heure et demie j'avais bu pour un an. Et à jeun, bien entendu. J'ai vu le moment où j'allais tourner de l'œil. Il fallait que j'éponge ! Vite ! Alors, je suis passé dans la partie cuisine où tout le monde s'était agglutiné parce qu'elle est magnifique et que son bar en alu sans jointure a un succès fou. Discrètement je me suis adossé à un placard avec les mains dans le dos tout en continuant une conversation qui n'en était pas une puisque dans une fête on parle mais on ne discute pas et mine de rien, tout en souriant et en disant ah mais ouiiiiii, c'est sûr, oui oui oui ouiiiiiiii, évidemment, ha ha ha ha ! j'ai entrouvert le placard et attrapé le saucisson que j'ai glissé sous ma veste entre ma chemise et mon pantalon. Ensuite j'ai filé dans la salle de bains. Mi-temps.

Je me suis assis sur la baignoire et j'ai mordu dans la viande avec la férocité du désespoir, c'était tellement bon (le saucisson autant que le moment de répit) que j'en avais les yeux qui piquaient. J'ai mâché lentement, pour bien mélanger tous les sucs à ma salive et que la nutrition soit à son plus haut niveau. Après chaque bouchée avalée, je m'étirais en avant pour calmer mes lombaires, rien ne me massacre autant le dos que rester debout et piétiner pendant deux heures. Je ne sais pas ce que ressentent les types qui rencontrent les All Blacks mais à la pause, de savoir ce qui les attend après leur quart d'heure de trêve, ils doivent éprouver un sacré moment de solitude. On a frappé à la porte. Occupé ! Ah c'est toi ? Dépêche-toi il faut lancer la bouffe, viens m'aider ! Oui, oui j'arrive ! J'ai mis le quart du riflard dans ma bouche et le reste dans ma poche. C'était court comme mi-temps. Mais je l'aimais et je pouvais bien supporter ça.

Quand je suis retourné dans l'arène, les taureaux étaient toujours aussi excités, voire un chouïa plus. C'est le son qui indique ça. Quand il monte c'est que l'alcoolémie aussi. Elle avait raison de lancer les mastications. Je l'ai rejointe derrière le bar avec mon sourire d'homme amoureux et tout dévoué à son bonheur. Il fallait sortir les salades et les mettre sur la table, lancer les tartes chaudes et faire les sauces qu'on avait oubliées tout en participant à une non-conversation, tout en accueillant les nouveaux arrivants en leur servant un verre, tout en commençant à retirer les bouteilles vides du bar et tout en vidant les cendriers. Ce qui comptait, c'était que les gens s'amusent, se rencontrent, sourient et c'était le cas. Moi j'étais devenu transparent, je me faufilais partout avec des piles d'assiettes propres, puis sales, des bouteilles pleines, puis vides que je ramenais en cuisine entre les dents, sous le coude, le bras et sur les oreilles. J'essuyais les taches des vin par terre, apportais des cendriers à ceux qui fumaient dans le couloir ou dans la chambre, remettais un rouleau de PQ ici, une bougie là, allongeais dans la chambre celle qui était à deux doigts de vomir… Ensuite quelqu'un a monté le son et ils se sont mis à danser. J'ai eu droit à une accalmie. Je me suis effondré sur le canapé en souriant à tout le monde et en n'espérant qu'une chose c'est qu'on m'oublie dix minutes. Ben alors, tu danses pas ? Si si j'arrive. Ben alors, pourquoi tu danses pas ? J'arrive, j'arrive. Allez quoi, viens danser ! Deux minutes, je finis ma cigarette. Jusqu'au moment où quelqu'un m'a attrapé le bras sans me demander mon avis. Au fond, la piste de danse, dans une fête, c'est le seul endroit où vous êtes sûr qu'on vous foutra la paix. Alors j'ai dansé. J'ai horreur de ça mais j'ai dansé. Et puis vers 1 h 30, 2 heures, les premiers à partir sont venus dire au revoir, raison idéale pour ne plus avoir à danser. Ça s'est vidé régulièrement pendant deux heures. Et après restait à s'enquiller l'ultime tour de stade, le plus dur. Les increvables, ceux qui se sont enfilé trois bouteilles et vous font une lecture kantienne des courses de chevaux ou vous soutiennent la lippe humide et l'œil mou que Daniel Guichard n'a pas eu la reconnaissance qu'il méritait. Ce sont eux, les derniers des Mohicans, qui sont allés chercher au fin fond des placards la bouteille d'eau-de-vie de votre grand-père que vous aviez soigneusement planquée, eux qui ont fini tout ce qu'il y avait d'alcoolisé chez vous et qui ont même trouvé où était l'Hexomédine, ce sont eux qui vous portent le coup de grâce, eux qu'il faut écouter jusqu'au bout sans rien comprendre de ce qu'ils vous racontent jusqu'à ce que, à 4 h 38, ils prononcent enfin la phrase que vous attendez depuis deux bonnes heures : Ch'prois que là j'vais yayer…

Quand le dernier est parti, j'eus la sensation d'avoir fait un bon match. Ma femme était heureuse, alors moi aussi. Exténué, mais heureux. Heureux de ce qui m'attendait, des draps enveloppants et du silence. On a mis une musique douce pour atterrir calmement, rempli quelques sacs-poubelle et entassé toutes les bouteilles vides dans un coin de la cuisine, passé deux ou trois coups d'éponge pour que le réveil soit moins brutal, on s'est brossé les dents et on s'est enfoncés dans notre lit comme on se laisse aller sans résistance à l'évanouissement. Il était 5 h 11. C'est à ce moment-là que j'ai entendu un fond de basse électro qui nous arrivait depuis l'autre bout de l'appartement. Je me suis levé péniblement et je suis allé éteindre l'ordinateur ou une chaîne qu'un Mohican avait oublié d'éteindre dans le bureau. J'ai fait toutes les pièces, mais rien. Ça venait de chez les trentenaires du dessous. Ils avaient eu la même idée que nous. Sauf qu'eux, ils ont arrêté la musique à 8 h 20.

Nous n'y arrivons pas

Au fond du jardin il y a un kiosque aménagé. C'est là que nous nous installons quand la cohabitation n'est plus possible, et ce toujours après une engueulade homérique. Car avec elle, les disputes sont bruyantes, théâtrales. Elle crie, elle hurle même, du coup j'en fais autant, mais elle casse aussi, la première fois cela m'a surpris, à chaque conflit il faut qu'elle brise quelque chose, qu'elle lance contre les murs de la vaisselle ou des objets, des bouteilles, qui éclatent et font gicler leur contenu partout. Derrière la maison passe un sentier de randonnée qui mène au village, il est souvent emprunté par des promeneurs. Plusieurs fois, j'y ai vu des gens s'arrêter pendant nos altercations, regarder dans notre direction et, manifestement, tendre l'oreille. J'imagine alors ce qu'ils entendent, des voix lointaines atténuées par l'épaisseur des murs qui montent puis redescendent, puis remontent plus fortes encore, parfois lui, parfois elle, et des bruits de bris de verre et de portes qui claquent, puis le calme enfin, le temps de trouver quoi répondre, ou l'argumentation que l'on croit imparable et qui, en fait, jette de l'essence sur des braises. Et on voit alors un homme parfois, une femme d'autres fois, sortir de la maison avec quelques affaires, traverser le jardin et s'enfermer dans un kiosque et tirer les rideaux afin de ne pas être vu. Nous alternons, parfois c'est elle qui s'exile, parfois c'est moi. J'ai remarqué que c'est souvent celui qui a provoqué la dispute qui part. Comme si la querelle justifiait le besoin de s'éloigner quelque temps. Cela dure un jour, deux, trois, quatre… Et puis je ou elle revient. Et chaque fois, la même discussion, sur le ton de la raison, de l'inéluctable évidence, voix basse, calme, celle que prennent ceux qui disent l'imparable réel.

– Ça ne peut plus durer.

– Oui, tu as raison, ça ne peut plus durer.

Mais ça dure. Immanquablement, nous en revenons au même constat.

– Nous n'arrivons pas à vivre ensemble.

– Non, tu as raison, nous n'y arrivons pas.

Mais ça dure. Ça se répète depuis des années. Et puis la vie reprend. Jusqu'à la prochaine crise. C'est devenu une mécanique plus forte que nous, c'est devenu notre histoire. Nous n'arrivons pas à vivre ensemble, pas plus que nous n'arrivons à nous séparer.

Sans trembler

Tout le monde m'avait dit de me méfier. Mais moi, je m'étais faite sans trembler. Depuis mes huit ans, première fois que je vis mon père gifler ma mère (je les avais entendus maintes fois, mais là je voyais et donc je n'avais plus peur, c'est l'imagination qui crée la peur), première fois que je vis mon père gifler ma mère donc, et que, puisque justement je n'avais plus peur, je m'étais interposée, je compris que les hommes ne me feraient pas peur. Je me souviens très bien de cette nuit qui succéda à la raclée, et de cette rage de combattante, de guerrière, qui naquit en moi ce soir de juin 93. C'est à elle que je dois mes études (toutes boursières), mes rencontres professionnelles, cette volonté d'acier d'avaler les couleuvres, de se taire, de ne pas répondre, d'accepter l'inacceptable, mais aussi parfois de répondre, de m'opposer, ou encore de me donner plus que les autres, d'être plus maligne, plus efficace que quiconque. J'avais de l'ambition et je m'en donnais les moyens. Affronter et serrer les dents ne me faisait pas peur. Plus rien ne me faisait peur. Tout le monde m'avait dit de me méfier, tout le monde m'avait prévenu qu'avec les femmes il pouvait se comporter d'une façon extrêmement cavalière, voire abuser de son impunité pour obtenir des faveurs, mais ni sa notoriété ni son pouvoir de faire ou défaire une carrière dans un claquement de doigts ne m'impressionnaient. Je savais ce que je valais. Sa secrétaire m'avait prévenue par texto qu'il m'attendrait dans son bureau à 17 heures, après la réunion hebdomadaire. Je m'y présentai ponctuellement. Elle m'y fit entrer en me disant qu'il ne tarderait pas. Il arriva vingt minutes plus tard. Juste avant de fermer la porte il s'adressa à ses assistantes : « Qu'on ne me dérange pas. »

– Je suis content de vous voir, Julia, me dit-il avec le sourire de ceux qui mènent les entretiens, qui ont le dernier mot.

Nous avons évoqué mon parcours, mes cinq années passées chez le principal concurrent et ma récente arrivée dans la société. Il m'apprit que tout le monde était très content de moi, à commencer par lui, puis il se mit à énumérer mes qualités et ce que j'apportais à la boîte. Je sentis immédiatement que ces excessives flatteries n'auguraient rien de bon. J'attendais le mais qui, dans les milieux professionnels, succède souvent aux compliments, rien n'est jamais gratuit. C'était long, si long que je me dis que la contrepartie serait de taille, et puis, à ma stupéfaction :

– Nous nous sommes trompés à votre sujet, vous n'avez pas été embauchée au bon poste. Vous valez mieux, beaucoup mieux, alors si vous êtes d'accord, nous souhaitons vous proposer le poste de Catherine Sciama qui partira à la retraite dans sept mois. D'ici là, vous ferez équipe avec elle afin qu'elle vous briefe et vous introduise auprès des clients. Nous sommes conscients que c'est une promotion extrêmement rapide mais nous sommes convaincus que ce poste est pour vous.

– …

– Vous ne dites rien ? Cela ne vous intéresse pas ?

Je ne disais rien parce que je n'y croyais pas. Au-delà du doublement de salaire, sans compter les intéressements qui pouvaient multiplier par deux mes revenus, cette place était l'objectif que je m'étais fixé à quarante ans au mieux. J'avais vingt-neuf ans et j'y étais ! Ma carrière, donc, dépassait mes rêves les plus audacieux, allait encore plus vite que moi et filait dans mon avenir comme un guépard derrière sa proie. Je tâchai de ne rien laisser transparaître mais je tremblais intérieurement d'une immense joie et de cette fragilité qui vous saisit lorsque vous visualisez l'immense charge de ce qui reste à accomplir.

– Vous refusez notre offre ?

– Non… non, pas du tout mais… je suis un peu cueillie… enfin, très surprise… Je… Oui, j'ac… c'est un challenge que je relèverai avec plais… D'accord… Je vais réfléchir…

– Réfléchir ?

– Non, je veux dire…

– Vous semblez troublée.

– Je vais être franche, je le suis un peu. Disons que je n'avais pas anticipé que cet entretien pourrait prendre cette tournure. Mais bon, puisque toute décision demande réflexion, je vais vous demander vingt-quatre heures pour prendre ma décision. Vingt-quatre heures… pour la forme.

– Soit, prenez vingt-quatre heures… pour la forme.

Puis il se leva et retira sa veste, qu'il déposa sur le dossier de son fauteuil. Ensuite il se lissa les yeux et me fixa silencieusement avec le sourire, cette fois, de celui qui jubile du cadeau réussi qu'il vient de vous faire. Il me tendit la main.

– Venez, je voudrais vous montrer quelque chose.

Il contourna son bureau et se dirigea vers une porte opposée à celle par laquelle j'étais rentrée. Il l'ouvrit et m'invita d'un geste ample à la passer. Elle donnait sur un petit salon-bibliothèque rempli de livres et d'ouvrages d'art. Meublé d'un canapé Chesterfield, d'une table basse, d'un minibar et d'un écran plat. Aussitôt entrés, il la referma dans son dos et je ne le jurerais pas mais j'entendis bien quelque chose d'anormal, et je crois qu'il fit discrètement glisser un loquet. Le cauchemar commença. Il baissa sa braguette et sortit son pénis.

– Remerciez-moi, Julia.

Il saisit mon bras et tenta de m'incliner vers son bas-ventre. Comme je résistais il me poussa contre la bibliothèque et fourra sa langue entre mes lèvres. Je tournai la tête mais de sa main il parvint en m'attrapant le menton à l'immobiliser. Il ne m'embrassait pas, il me léchait la bouche avec un appendice plus épais et rugueux que celui d'un bovin. « Tout ou rien. » C'est la pensée qui explosa dans ma tête. Tout ou rien. Tout ou rien, je ne sais pas pourquoi cette phrase cognait en moi. Et puis, sans rien comprendre, sans plus rien dominer, une sensation d'être happée dans un boyau noir paralysant, d'être subitement vidée de la moindre force me fit glisser sur le canapé. Je ne me souviens plus si c'est lui qui m'y poussa ou si c'étaient mes défenses qui me lâchaient. Il passa la main sous ma jupe et retira ma culotte. Après, je ne me souviens que d'une insupportable douleur, de ses ânonnements et de mes cheveux qui crissaient sur le cuir. Ce fut à la fois interminable et étonnamment court, je ne sais pas, peut-être deux minutes ou moins, ou plus. En fait tout devint flou, impalpable, sourd comme quelque chose d'irréel. Mais ce qui s'est fossilisé, ce que mon corps a mémorisé avec une extraordinaire précision, c'est ma peur.

Île déserte

Je n'ai pas plus d'énergie qu'une chemise sale portée trois semaines, le col et les poignets lissés par la crasse. L'avenir ne tient qu'au nombre de bouteilles de vin entreposées dans le placard de la cuisine. J'aurais bien quelques rêves mais je n'en ai pas les moyens. Mes journées sont serrées par un travail abrutissant et mes nuits sont plates comme des lacs qui taisent leurs terreurs sous-marines. Mes jours, mes semaines et mes mois sont solitaires. Je n'aurai vécu avec lui que quatre ans, maintenant je ne le vois que deux jours par quinzaine, ainsi en a décidé le juge. C'est trop peu pour avoir encore envie de respirer mais suffisant pour désirer mourir. Alors qu'il faut vivre aussi longtemps qu'une île déserte.

Sound designer

Pendant vingt et un ans j'ai conduit le petit train de Montmartre. Je sais bien qu'il faut pas se plaindre, qu'il y a des boulots autrement plus éprouvants mais ce qui a failli me faire perdre la tête, le pire, c'est pas les touristes décérébrés, la circulation, les horaires, la monotonie, le froid, non le pire, ce qui m'a mis sous antidépresseurs et en arrêt maladie jusqu'à la retraite anticipée, c'est la bande-son. Cet enregistrement d'une vieille micheline à vapeur (pour faire authentique) saccadée toutes les vingt secondes par le tuuuut-tuuuut du sifflet. Trois fois par minute, quatre-vingt-dix fois par trajet. Même si je ne faisais que huit trajets quotidiens, j'ai calculé que j'entendais ce satané sifflet sept cent vingt fois par jour. J'ai tout fait pour que ça cesse, je suis allé voir mon patron, j'ai mobilisé les autres chauffeurs, j'ai fait signer des pétitions aux riverains, j'ai saisi la mairie… C'est allé jusqu'à la limite du licenciement. On m'a très clairement mis au pied du mur, soit je lâchais l'affaire, soit je prenais la porte. Alors j'ai tenu. À mon retour chez moi le soir, il me fallait trois heures pour me débarrasser de cette sonnerie, trois heures à m'abrutir devant la télé avant que ce son du diable me laisse enfin en paix. Quand j'ai obtenu mon départ en retraite j'ai tenu à en savoir plus, j'ai fait mine de m'intéresser à ce qui avait été mon outil de travail pendant toutes ces années.

– Vous comprenez, j'ai dit au patron, ça va me faire un sacré vide, alors j'aimerais tout savoir de ce véhicule que j'ai conduit avec tant de bonheur. Ce serait possible de connaître la chaîne de fabrication ?

– Bien sûr, il a répondu, c'est tout à votre honneur. Appelez Christelle demain de ma part, je vais lui demander de vous sortir tous les documents. Venez les consulter quand vous voulez.

Il n'y avait qu'une chose que je voulais savoir : qui avait eu l'idée de génie d'intégrer cette bande sonore au train. En menant mon enquête je suis tombé sur le fabricant, le nom du gérant, l'adresse, tout. J'ai appelé et je me suis fait passer pour le propriétaire d'un parc d'attractions sur le point d'ouvrir en Touraine.

– Je souhaiterais vous passer commande d'un train mais pour la bande-son il faudrait que je voie ça directement avec le concepteur, vous auriez ses coordonnées ?

Il s'appelait Sébastien Fritsch et sa société de *sound designer* était localisée à Courbevoie. J'ai trouvé sa photo sur Internet. Je l'ai montrée à trois gars un peu charpentés et je leur ai demandé de me l'amener, les yeux bandés, pour quelques billets, dans un pavillon isolé que j'avais loué pour le week-end à Fontenay-sous-Bois. J'ai descendu le gars à la cave que j'avais aménagée, il ne manquait de rien, un lit, un frigidaire plein, de l'eau pour deux jours, j'ai même mis des magazines, des biscuits. Mais qu'est-ce que vous voulez, bordel, il hurlait, qu'est-ce que j'ai fait ? Vous êtes qui ?

– T'inquiète pas, il t'arrivera rien. Et c'est pas la peine de t'user la voix, personne ne t'entendra ici.

Ensuite, j'ai fermé la porte à double tour et je suis remonté au salon. Là, j'ai allumé mon ordinateur, j'ai fait les branchements avec les baffles que j'avais installés au sous-sol, j'ai ouvert le fichier et cliqué sur Play. J'ai tendu l'oreille et j'ai entendu un train à vapeur passer sous mes pieds, deux sifflements toutes les vingt secondes. Avec ça dans la tête jusqu'au dimanche soir il se souviendra de son week-end.

Petit singe

Il en parlait depuis plusieurs semaines, chaque fois je promettais de m'en occuper, mais chaque fois le temps me manquait. Il ne m'a jamais manifesté sa contrariété, au mieux il me le rappelait, ajoutant timidement « si tu peux ». J'y pensais, et puis ça me sortait de la tête. Ce vendredi-là, je finissais une semaine difficile, j'étais sur les genoux et j'avais besoin de réconfort, qu'on me manifeste un peu d'affection, de soutien, de tendresse. Alors je me suis dit que c'était le jour ou jamais. Le matin, je suis allé chez Decathlon et je lui ai enfin acheté le ballon de basket de ses rêves. Je suis repassé à la maison pour le déjeuner et je l'ai posé sur son lit. Ensuite j'ai écrit un mot à son attention que j'ai déposé dans l'entrée. Depuis qu'il sait composer les lettres de l'alphabet on s'en écrit souvent : tu ai le plus formidable des papa ; je tem papa ; jai le mayeur papa du monde ; come tu ma rien di je savè pas que je devai alé me couché ; je te fé des gros bisou… Je les garde tous, évidemment. Le soir je savais que je ne rentrerais pas avant 20 heures, je ne serais donc pas présent pour assister, je l'espérais, à sa joie. Ou à sa déception. Avais-je pris le bon modèle ? Était-ce la bonne taille pour un enfant de sept ans ? Il m'avait dit en souhaiter un gros, « mais pas celui pour adultes, c'est trop gros » avait-il précisé. Est-ce que 6 ça conviendrait ? Ils disaient que c'était pour les enfants à partir de dix ans. 5, ça me paraissait petit. Et puis les couleurs ? J'avais quand même un doute. Faire un cadeau à un enfant c'est prendre le risque que ce ne soit pas exactement ce qu'il espérait. Et s'exposer à des remerciements timidement formulés, gentils, certes, mais dont la déception transparaît. Or moi, ce que je voulais, ce dont j'avais besoin, c'était d'une jubilation bondissante, de voir ce sourire d'où sort un bonheur rayonnant. J'avais une petite appréhension en ouvrant la porte de l'appartement. Je l'ai fait claquer pour bien signifier que je venais de rentrer. J'ai entendu ses pas depuis sa chambre et il est apparu au bout du couloir. Papa ! Il a couru vers moi et m'a sauté dessus nouant ses bras autour de mon cou et ses jambes autour de mes hanches. Comme un petit singe. Merci, merci, merci ! il a dit. Il ne m'en fallut pas plus pour dissiper aussitôt ma semaine de merde.

Nouveau départ

Mon père était mort six ans auparavant. Depuis, ma mère vivait seule dans le petit appartement de Cachan vendu en viager. Deux fois par semaine je prenais le RER B pour aller la voir et veiller à ce qu'elle ne manque de rien. À la fin elle ne pouvait même plus sortir de chez elle. La dernière année on n'est pas allés une seule fois dans la maison de Gouville, de toute façon elle savait que je n'aimais pas cette longère. Mon père et elle l'adoraient mais elle me disait Quand je serai plus là, ne t'encombre pas à la garder pour la mémoire, vends-la, vends tout. Je l'ai enterrée là-bas, avec mon père. Ce qui me chagrine un peu c'est que quand je m'en serai débarrassé je n'aurai plus beaucoup d'occasions d'aller sur leur tombe. Comment on fait dans ces cas-là, quand la tombe de ses parents est loin de chez soi ?

Voilà, je n'avais plus de parents à charge, ni d'enfants, quant à mon emmerdeuse de femme, cela faisait trois ans que je m'en étais affranchi. À cinquante-huit ans quelque chose de nouveau s'offrait à moi, une page blanche. Ça faisait un peu peur et en même temps c'était assez excitant. Je savais pas ce que j'allais faire de tout cet espace. J'avais vidé la maison trois semaines auparavant, trié, presque rien gardé, quelques objets, des photos, des trucs qu'on peut emporter avec soi partout, c'est ça que je m'étais dit, ne prends que des petits trucs que tu peux emmener avec toi partout, qui ne prennent pas de place. Je ne voulais plus être rattaché à rien, je voulais que ma vie tienne dans mes poches et un ou deux sacs. Je projetais vaguement de faire un long voyage en Asie du Sud-Est, Thaïlande, Cambodge, Vietnam, pendant trois ou six mois, c'était une idée comme ça, que je n'étais pas certain de concrétiser. Ou alors partir vivre dans le Sud, dans l'arrière-pays niçois, j'aime bien cette région, vers Gattières ou Carros, et faire du miel. J'avais eu la fille de l'agence immobilière au téléphone deux ou trois fois, elle m'avait envoyé par mail les papiers pour signer le mandat, je lui avais dit que je lui faisais confiance et que je ne voulais pas me déplacer pour de la paperasserie. Elle me tenait au courant de chaque visite par texto, se sentant obligée de m'informer des réactions des éventuels acquéreurs. Elle comprenait pas que je m'en foutais, que tout ce que je lui demandais c'était de m'appeler un jour pour me dire Voilà c'est vendu, la signature se fera à telle date à tel endroit. Elle me laissait des messages longs comme le bras auxquels je ne répondais pas, ça finissait presque par m'énerver. Je suis pas mal sorti pendant cette période, pour rentabiliser cette liberté subite, comme ces touristes qui s'organisent des journées épuisantes pour tout visiter. J'ai revu quelques amis dont je m'étais un peu éloigné, presque tous se plaignaient de leur situation, ou alors c'était le couple qui n'allait pas, ou le boulot, ou les enfants qui décevaient, ou un parent très malade, enfin il y avait toujours quelque chose qui les rendait las, sans énergie, tristes. Je crois que c'est l'âge qui provoque ça. C'est pas une bonne période la cinquantaine, une période sans surprise où on passe son temps à essayer de trouver des solutions à ce qui n'en a pas, où qu'on nage il y a un obstacle, et moi j'avais la chance de ne plus être là-dedans. Je me forçais à faire des rencontres aussi, alors qu'en réalité je savais plus comment aborder les femmes. Je me suis pris pas mal de râteaux mais ça m'était égal. Une fois j'ai passé une nuit avec une femme mais j'ai trouvé ça nul, j'ai pas du tout aimé sa façon de faire l'amour, et puis elle était plus bavarde qu'une chaîne d'infos. Je l'ai jamais rappelée.

Un mois plus tard, Claire Andrieux, la fille de l'agence, m'a laissé un message pour me dire que la maison avait trouvé un acheteur. Ça n'a pas duré longtemps mais j'ai tout de même eu un pincement au cœur, vendre la maison dans laquelle ses parents ont été heureux n'est pas anodin. Je l'ai rappelée pour fixer le rendez-vous de la promesse de vente et je l'ai trouvée beaucoup moins agaçante que les rares fois où je lui avais parlé, l'émotion sans doute.

Avant d'arriver à Gouville j'ai voulu m'arrêter à Saint-Lô pour revoir tous ces endroits où j'avais été avec mes parents et où j'avais emmené mes enfants, les remparts, le Haras national, la promenade des ponts ou ce qui fut longtemps l'Auberge de la Mère Langlet avant de devenir un kebab. Je savais que je ne reviendrais plus jamais ici, cette ville représentait pour moi un ennui mortel mais bon, j'y avais des souvenirs. À Gouville, j'ai longuement marché sur la plage et sur les dunes, je suis passé devant des maisons d'amis de mes parents où j'avais déjeuné, des commerces ou des troquets où ils avaient leurs habitudes. C'est un peu comme si je fermais définitivement une porte, j'avais l'impression de dire au revoir à ma vie, une vie que j'aurais aimée différente, une vie où je m'étais beaucoup emmerdé en fait. Et j'avais bien l'intention que ça change. Pourquoi pas l'Argentine d'ailleurs, ou Vancouver, j'aimais bien l'idée de raconter autour de moi que j'allais m'installer à Vancouver. Vancouver, ça a quand même plus de gueule que Gouville ou Asnières. Ça m'a mis de bonne humeur tous ces projets qui volaient au-dessus de ma tête comme des hirondelles. J'ai dîné au restaurant de l'hôtel et même si ça pouvait avoir l'air triste un type de cinquante-huit ans qui dîne seul dans un petit hôtel d'une insignifiante ville de province moi je l'étais pas du tout. Je gambergeais sur mon avenir avec plus de vin que d'habitude pour aller plus vite dans les rêveries, plus loin. J'ai même pris un digestif, puis un autre. J'avais envie d'une ivresse douce, de celles qui vous font imaginer des scénarios fluides et ouverts.

Le lendemain j'ai rejoint à 10 heures Claire Andrieux à l'agence pour qu'on aille ensemble chez le notaire. Elle m'a accueilli avec un sourire qui fait prendre à votre vie une tangente radicale. Je suis immédiatement tombé amoureux de ses pommettes. C'est comme ça que je suis venu vivre à Gouville.

Un beau couple

Je n'ai aucune ambition. J'ai eu mon baccalauréat avec trois années de retard et grâce à l'oral de rattrapage, puis j'ai vivoté jusqu'à cette rencontre miraculeuse avec ma femme. Elle a tout de suite compris à qui elle avait affaire et cela l'arrangeait. Aujourd'hui, beaucoup de femmes veulent le pouvoir, que je leur cède volontiers. Il faut admettre que c'est la moindre des justices. Un pays qui ne leur a donné le droit de vote qu'en 1945, l'autorisation d'ouvrir un compte sans le consentement de leur mari qu'en 1965 et la possibilité d'avorter qu'en 1975 ne devrait pas trop la ramener. Ma femme est de celles qui rêveraient d'avoir une paire de couilles. Elle dirige, méprise, brutalise et parle aux autres comme le ferait le pire des machistes dominateurs. Elle met toute son énergie à gagner ou à prendre sa revanche et fait une carrière fulgurante. Ce n'est pas pour rien qu'elle m'a choisi. Je suis bel homme et je présente bien comme on dit.

Je peux faire illusion dans un salon ou un cocktail mais je suis une véritable serpillière qu'elle ne manque jamais de piétiner. Elle préfère encore me savoir sans profession plutôt que dans une activité minable qu'elle aurait honte d'avoir à révéler. Que je sois servile et à son entière disposition lui convient parfaitement. Quant à moi, ne pas avoir d'horaires et très peu d'obligations m'est tout à fait naturel. Évidemment, il y a un revers à toute médaille. Le mien est que je partage la vie d'une femme qui éprouve un vrai plaisir à m'humilier (même en public) et à me traiter comme une soubrette obéissante. Elle veut bien d'un enfant à la seule condition qu'elle n'ait pas à s'en occuper, autrement dit, que tous les soins, l'attention et l'éducation soient à ma charge. Pour l'instant nous n'en sommes qu'à l'évoquer car la perspective de le porter pendant neuf mois est une contrainte dont elle ne veut pas encore se préoccuper. Nous n'avons non plus jamais songé à avoir d'employée de maison puisque je m'acquitte de toutes les tâches ménagères depuis que nous nous sommes installés ensemble. Ce soir, elle a prévu de longue date un dîner professionnel très important pour elle. Elle a fait le menu et j'ai été chargé que tout soit prêt pour 20 heures, table dressée, plats préparés, plateau apéritif à disposition. Il ne fut même pas nécessaire de préciser que c'était à moi de faire le service.

Des chaussures à sept cents euros et des bottes en plastique bleues

Je l'ai rencontrée au rayon poissonnerie du Leclerc. Ce jour-là, aucun produit de la mer n'était prévu sur ma liste mais quand je l'ai vue, je me suis arrêté derrière mon caddie et je n'ai pas pu m'empêcher de la regarder longuement. L'image d'un type de quarante-deux ans immobile dans un hypermarché ne peut que renvoyer à l'idée qu'il se passe quelque chose d'anormal. Je portais des chaussures à sept cents euros et elle des bottes en plastique bleues. Elle était très belle et le scintillement de la glace et des poissons brillants sur l'étalage accentuait le lumineux de la scène. Mes parents désespéraient de me voir toujours célibataire quand mes deux sœurs avaient toutes les deux fait de très beaux mariages et de charmants petits-enfants. Qu'attendais-je enfin pour avoir une vie normale, adaptée à ma situation confortable, ma classe sociale et mon âge ? Certains, dans ma famille, se demandaient même si je n'étais pas homosexuel. J'étais convaincu d'avoir trouvé ma femme. Je me suis approché du rayon et j'ai pris ma place dans la queue. Ce temps d'attente avant de pouvoir lui parler était un délice et un supplice. Un délice parce qu'il m'offrait tout le loisir de la regarder, un supplice parce que le trac montait. Quand ce fut mon tour, elle s'approcha en souriant.

– Bonjour, qu'est-ce que je peux pour vous ?

Autour d'elle tout était blanc, rayonnant, éclatant, tout brillait, elle était là, comme une apparition dans la lumière.

– Heu... Je ne sais pas... Un poisson.

– J'imagine... Mais vous avez une idée de ce que vous voulez ?

– Heu... Une truite.

– Juste une ?

– Oui.

Sur sa blouse, j'ai vu une étiquette avec son prénom dessus, Laetitia. J'ai toujours adoré ce prénom. Elle a glissé le poisson dans un sac, l'a pesé puis me l'a tendu.

– Ce sera tout ?

– Oui, merci.

J'avais envie de lui demander à quelle heure elle terminait mais il y avait des gens derrière moi et je n'ai pas osé. Je l'attendrai, je me suis dit. En mettant le sachet dans le caddie je l'ai bousculée.

– Pardon.

– Pas de souci, elle a répondu.

J'ai toujours eu horreur de cette expression. En faisant la queue à la caisse je me suis demandé si je pouvais vivre avec une femme qui dit pas de souci. Une fois encore, ce ne sera pas elle.

S'y mettre

Même pas la peine d'y penser sans avoir préparé au moins un litre de thé. Du Dragon Pearl au jasmin que je n'achète que dans une boutique au fin fond du quinzième, à l'autre bout de Paris pour moi. Je pourrais m'en procurer ailleurs mais allez savoir pourquoi j'ai besoin que ce soit UNIQUEMENT dans cette échoppe. J'ai entendu dire qu'un académicien mettait une cravate pour écrire, « par respect pour la grammaire », moi ce sont des geta (l'austérité du bois m'incite à la discipline) et une barretina sur la tête. Ce ridicule bonnet catalan m'a été offert pour mes vingt ans par un jardinier qui avait travaillé pour Salvador Dalí à Port Lligat. Il m'avait affirmé que le surréaliste en portait une pour peindre et que c'était là l'unique raison de son génie. « Si tu portes une barretina, tu écriras des chefs-d'œuvre », m'avait-il dit. Je n'ai jamais écrit de chef-d'œuvre, enfin pas à ma connaissance, mais je suis superstitieux. Il faut que mon bureau soit rangé selon un ordonnancement très strict. Théière à vingt centimètres de mon bras droit, à portée de main droite accessible par pivotement, mon coude doit rester immobile pour l'attraper. Quant à la tasse, elle doit être dans le prolongement de ma main gauche. Parallèlement à l'appareil. Il ne doit pas manquer un seul crayon dans leur pot, même si j'écris directement à l'ordinateur, s'il en manque un parce qu'on me l'a emprunté, je peux le chercher dans toute la maison pendant une heure. Il me faut aussi un paquet de Kleenex Soft Mini Confort, je ne commence jamais à écrire sans m'être mouché. Je ne fume pas mais sans mon paquet de Kent ouvert je suis incapable de me concentrer, j'en jette deux ou trois par session de travail pour que cela ait un sens d'avoir des cigarettes sur son bureau quand on écrit. Je passe l'aspirateur chaque fois que je m'y mets, la moquette doit être impeccable. *Idem* pour les vitres, que je dois nettoyer s'il fait beau à 15 h 50, car pile à cette heure-ci la position du soleil fait ressortir les traces sur les carreaux. Mes ongles doivent être parfaits, courts, mais pas trop, et l'arrondi irréprochable. J'ai une lime dans mon pot de crayons. Dans mon dos, ma bibliothèque doit être rangée, livres et objets exactement à leur place, du coup avant de m'asseoir je passe dix bonnes minutes à tout remettre en ordre au millimètre près. J'inspecte aussi tous les cadres fixés aux murs, que je redresse si besoin à l'aide d'un niveau à bulle. Et je vérifie que les pièces d'eau de la maison soient fermées. Et là, je peux commencer à travailler. Le truc, c'est que comme je fais des petits textes, je mets plus de temps à m'y mettre qu'à écrire.

Table

Réalisation : Nord Compo à Villeneuve-d'Ascq
Achevé d'imprimer par CPI France
Dépôt légal : janvier 2023. N°2013 (172113)
Imprimé en France